石盤

国内外難題解決愚論

目次

一　一寸先

1　木枯らし

木枯らし一号が吹いた。

その翌日も風が吹いていたが、風仁は気晴らしに自転車で外出した。自宅の近くに長く急な坂道がある。いつもの通り自転車から降りて自転車を押して上った。まだ自宅から出て時間もさほど経っておらず、坂道を上るくらい当たり前のことであった。坂道を登って自転車に乗ろうとした時だった。のどの下、胸の上部に痛いほどでないが、違和感をおぼえた。圧迫感といったほうがよいか。それでも自転車に乗ってみた。圧迫感は五分ぐらいでおさまったかにみえたが、またなんとなく気持ちが悪いように思え、まわり道して帰った。

その翌日、何事もなかったかのように風仁は市立病院へ自転車で行った。病院へ行くにしても、何事もなかったら行く必要はないではないか、と言われそう。実は風仁のためでなく風仁の妻のために病院へ行ったのだ。

その年の梅雨時に風仁と妻は、自治体が行う健康診査を受診した。風仁は診断の結果、問題はなかったが、妻は引っ掛かった。胃にポリープが増えていた。

それで、秋になって妻はかかりつけ医に精密検査のため市立病院を紹介してもらった。胃に多発性ポリープはあるが癌になるものでなく、取り除く必要はないといわれた。さらに、ピロリ菌がいないことも分かった。しかし、胃にポリープがあると大腸癌になる確率が高いと、医師からいわれた。

数日後、妻は大腸内視鏡検査を受けることになった。その日はあいにく台風が関東を直撃した。前日、タクシーを予約したら、予約がいっぱいで配車できないといわれ、当日早朝もタクシーのてはずがつかなかった。バスの停留所は不便な所にあり、妻は脚が悪く歩けず、自転車で行くことにした。超大型台風は未明に御前崎に上陸し、出かけようとした一時間前には当地付近をはやばやと通り過ぎたようだった。雨がやみ、風が穏やかになったのは、台風の眼の中に入ったのかもしれない。途中雨にぬれたが、病院に着いてしばらくしてから、外は青空が見え、白い雲が浮かんでいた。だが、風は激しく吹いていた。

検査準備は午前、検査手術は午後の予定となっていた。検査を受ける人は数人で、妻は二番目だったが、意外に検査準備に時間がかかった。透過性のない塩分を含む水の洗浄剤二〇〇ccと水一〇〇ccを一組で五回飲んだ。一般にはこれで終了のところのようだったが、風仁は突然看護師に頼まれた。おむつを買ってきてくれという。風仁は仕方なく売店へ行った。昼前で店の中は混んでいた。風仁は売店の中を探したが、それらしきものは見つからなかった。なんとか手のあいた店員を見つけて、おむつがあるかきいてみた。陳列してないが中にあるという。「二種類ありますが、どういうのですか」「女性用」「女性用も男性用もありません。どちらも同じです」。なにやら説明していたが、風仁には珍紛感紛だ。風仁は看護師から渡された袋を思い出した。外国で買い物しているようだった。

水だけでは大腸の洗浄はできず、妻はさらに座薬二個を使用し、浣腸を六回も試みた。それでも洗浄は完全にできず、午後一時となり、妻は最後の患者となりそのまま検査室へ行った。看護師にとって昼休みも休憩もなかった。

妻の大腸内視鏡検査は午後三時十五分から始まった。大腸をバキュームで洗浄しながらポリープを探すという。一部を残して四時に終わった。検査が終わって、妻は看護師に「大丈夫みたい」と言われ、「よかった」と笑ったら「今のところはね」と念を押された、という。

妻の大腸検査の結果が分かるのは、検査日の九日後、木枯らし一号がふいた二日後だった。風仁がのどに異常を感じたのは、木枯らし一号が吹いた翌日、妻の病状検査の最終結果が分かる前日だった。その日、風仁は楽観的だったので自転車で外出しようとした。

妻の胃の検査同様、大腸検査の結果も癌の心配はないと医師に言われた。風仁は楽観的だったけれど、最悪の事態を想像した。妻が入院することになったら、風仁は炊事、洗濯、掃除はやったことがないし、女性用の衣類はどのようにして買っていいものか。できるのは掃除、音のうるさい電気掃除機より雑巾一つあれば十分だ。

2　今のところ

市立病院で看護師が検査が終わった後、妻に「大丈夫みたい、今のところはね」と言った言葉が風仁は気になった。妻の大腸の洗浄が完全に終わったのでなく、一部残っているということであったが、これは次回の健康診査で様子をみることになった。

妻は「今のところ」は問題ないようであるが、このことでなく、一難去ってまた一難、今度は風仁が「今のところ」変になっているみたい。

自宅近くに高台になっている所があり、五十数段の階段をのぼって駅のほうへ出かけていた。ここ数年前、もっと以前から冬の寒い早朝出かけるとき、階段をのぼってから数分、のどの下が渇くような痛みを感じたことがあった。大抵脚が重くなるのであるが、のどや胸の痛みをちょっとした疲れ程度にしか感じていなかった。

今回、坂道を自転車を押してのぼってのどが痛くなったのは、五十数段の階段をのぼってのどが痛くなったのと関係があるように思え、無意識に胸を手で押さえているところを妻に見られ、「お医者にみてもらったら」と言われ、その日は祝日、翌日は土曜日、土曜日は混んでいることを承知で風仁はかかりつけ医へ行った。意外にも喘息といわれた。精密検査を受けることになり、医師会の医療機関を紹介してもらった。

数日後、その日も雨が降って、バスで行くつもりでいたが、雨がやんでなんとか自転車で行けそうだったので、一時間半以上かけて医師会の医療機関へ行った。市立病院に予約してもよかったのであるが、風仁は「三時間待ち三分診療」という言葉を思い出していたし、大病院の診察は予約制になっても、以前同様待合室には患者があふれており遠慮したかった。医師会の医療機関は検査のみで診療しないということで、はやくすっきりしたい思いでこの医療機関を選んだ。風仁はこの時まだ体の奥深くに病魔が潜んでいることを微塵も思っておらず、疲れやストレスのための体の変調と思っていた。用心して自転車で往復三時間をかけて、繁華街をゆっくり通り抜けたが、初めのうち胸が押さえつけられる感じがしただけで気にしなかった。検査はコンピューターX線断層写真撮影（CT）で十分もかからなかった。終わったのは予約時間前だった。

秋も深まった一週間後、風仁は医師会の医療機関でのCT検査の結果をかかりつけ医へ聞きに行った。肺には肋膜炎の痕らしきものがあるが大したことはなさそう。循環器に関係があり、狭心症らしいと言われた。様子をみることにしたが、妻に心臓だったらまずいと言われ、風仁は一週間後、妻と一緒に紹介状を持って自転車で市立病院へ行った。

診察前の検査の結果、思わしくない雰囲気だった。「一人で来たのですか」とか「何で来たのですか」と医師に訊ねられた。十一月下旬に二泊三日の検査入院をすることになった。「帰る途中で体に異常があったら、夜でも、救急車を呼んで、病院へ来なさい」と医師から強く言われた。

3　白水仙

水仙の庭に顔出す白い花

はじめ風仁は二泊三日の検査入院を人生最終章の予行練習のつもりでいた。妻が検査だけですんだこともあって、胸痛は筋肉痛かストレスかと、楽観的だった。一週間前の診察前の検査でひょっとしたら癌かもしれないと思ったが、心臓が悪いとは夢にも思わなかった。風仁はこの歳まで重い病気やまして入院などしたこともなかった。人生最終病がいきなり心臓に来ようとは。年齢が年齢だし、男性の平均寿命に達したか達しないかの年齢だから心臓病になってもおかしくないか。

それにしても、風仁は心疾患や脳血管疾患にくわしくない。まだ先のこと、ひとごとと思っていた。二日後にはまた水仙の白い花が見られると思っていた。

一般にいわれる脳卒中は脳血管疾患の総称のことで、脳内の動脈が破れたり、詰まったりして、血液が流れなくなり、脳に障害が生じ、言語障害や運動障害など後遺症障害の状態となる。脳卒中は頭蓋内出血と脳梗塞に分けられる。一般にいう脳溢血は脳出血のことで、血管が破裂して出血する。それで出血しても動脈は塞がる。虚血性の脳疾患を一般に脳梗塞といい、血栓によって脳動脈が詰まる。血栓は心臓から飛んで来る。

一般にいわれる心臓麻痺は心臓の破裂や冠状動脈の急激な閉塞などである。心疾患は癌に次いで日本人の死亡原因の二番目である。心疾患で最も発症例が多いのが虚血性心疾患で狭心症と心筋梗塞がある。心筋梗塞は冠状動脈の閉塞などによる疾患である。狭心症は冠状動脈の狭窄などにより、心臓への血流が妨げられる疾患である。

風仁は狭心症の疑いがあるということで心臓カテーテル検査を受けることになった。検査前日に医師から心臓カテーテル検査の説明を家族と一緒に受け、検査承諾書である同意書に署名、捺印することになっている。

風仁は狭心症の治療について知識がないので、医師の口頭説明や説明書によって風仁の病状と関係あるところを述べる。検査が終わった後で得た知識も含む。

心臓の壁を構成する筋肉を心筋という。この心筋は全身に血液を送るポンプの働きをしている。心臓の筋肉は冠状動脈という血管により血液の供給を受けている。冠状動脈には左冠状動脈と右冠状動脈があり、心臓の周囲を冠状に取り巻いている。狭心症は動脈硬化により冠状動脈の内腔が狭くなる狭窄によって起こる。冠状動脈が詰まる狭心症の診断は初めに冠状動脈造影検査をする。消毒・局所麻酔を行った後、手首の橈骨（トウコツ）動脈に針を刺し、カテーテルという柔らかくて細い管を血管内に挿入する。冠状動脈入口まで進めて造影剤を注入し、冠状動脈を映し出す。

心臓カテーテル検査中、意識があるということは、入院する前に近所の体験した人から聞いて知っていた。検査はひんやりとした手術室で行われた。意外に早く終わったような気がした。いやな予感がした。

4　読書

読書。入院しての読書。それも『昭和史』。しかも戦争時代。血圧が上がりそう。

心臓カテーテル検査の結果どうなったんだっけ。検査中意識があったので、人の話の意味は分からなかったが、雰囲気として思わしくないようだった。カテーテルで造影を行って冠状動脈に狭窄部があり、かつカテーテルで治療できれば治療も行うはずだった。冠状動脈に狭窄部があれば冠状動脈インターベンションという治療法で、カテーテルの中に細いガイドワイヤーを通し病変を通過させ、ワイヤーに沿わせてバルーンカテーテルを病変部に入れ血管を拡張させ、再狭窄しないようにステントという網状の金属の管を用いて血管を拡張させる。

冠状動脈インターベンション治療でできれば、二泊三日の入院ですむのであったが、複数の重症冠状動脈病変があったので冠状動脈バイパス手術という外科手術を行うことになった。二週間後の風仁の誕生日に行うことになった。そうすると、風仁の歳は日本人の男性の平均寿命を超えることになる。実際は、平均寿命が延びていて平均寿命が風仁の歳を超えているかも。どうでもいいことを考えていたら、手術の日が二日早まった。

さあ、大変。風仁は、いつ何が起こるか分からないのでこのまま入院することに決めた。長期の入院の準備は何もしていなかった。風仁の妻はこういう時はサッとやるほうであるが、逆だったらどうなるんだろう。本だけ持ってきたりして。持ってきたのは妻。『昭和史』という本。

読書。そうは言っても、ここ数年、いや十年以上、読書らしいことはしていないのである。妻が新聞を読みながらぶつぶつ言うので、「何だ」と聞き、妻が本を読んで「じれったい」とつぶやけば、「何が」と聞き、風仁はなんとかこの世の中の知識を得ているみたいだった。これでは世の中から取り残されると思い、これ幸いと入院中に本を読もうと思った。

何も入院しなくても本は読めたはずだ。本を読まなかった理由は、本を読むのがいやで読まなかったのでなく、目が悪かったからだ。目が見えないのでなく、疲れるのである。老眼と緑内障である。焦点を合わせるのがむずかしい。入院中は退屈で時間を持て余すと思っていた。『昭和史』は二冊になっていて分厚い本で文字は細かい。文章は読み易く、広く読まれていた。今ごろ読むなんていかに本を読まなかったかだ。

病室は最上階の廊下の突き当たりの横で六人部屋。人の出入りが多く、騒がしい。特に夕食後など喧嘩しているような声が遠くから聞こえてくる。独演という。一人二役、三役も。

妻は新聞をどさっと持ってきた。息子は何を思ったかマンガを持ってきた。まずいことにそのマンガはロビーにあるものと同じだった。家族が衣類などいろいろ持ってきても置き場所がないのであった。

それはそうと、『昭和史』はどうなったんだろう。日独伊三国軍事同盟があったとしても日本は米国との戦争は避けられたのではないか。日本も米国も双方戦争することを望んでいたのではないか。それは双方思惑があり戦機ととらえたからであろう。国家として民族としての「思惑」が戦争を起こす要因になったと思える。その「思惑」とは何かが問題になる。そのことについて『昭和史』に書いてあったっけ。実は、まだ一行も読んでいない。

5　富士山

安らぎの姿現す白い富士

富士山がすっきり眺められる季節となった。風仁は狭心症になった遠因をすっきりさせてみたかった。半年前の健康診査で特に基準値からかけ離れていたのは、血中脂質検査の悪玉コレステロールといわれているＬＤＬ（低比重リポタンパク）コレステロール（基準値１２０mg／dl未満）と糖尿病検査のヘモグロビンＡ１ｃ（基準値５・６％未満）である。

コレステロールは、体の細胞を作る生体膜の重要な成分である。副腎皮質ホルモンや胆汁酸などは生体内でコレステロールから合成される。

コレステロール値による虚血性心疾患（狭心症・心筋梗塞）の発症率では、善玉コレステロールといわれているＨＤＬ（高比重リポタンパク）コレステロール値（基準値40mg／dl以上）の低下に強い発症を、ついでＬＤＬコレステロール値の増加に発症が認められている。このことから、ＬＤＬコレステロールは動脈硬化に対して促進的に、ＨＤＬコレステロールは拮抗的に作用するものとみられる。

糖尿病検査のヘモグロビンＡ１ｃは、糖尿病患者の血糖コントロール指標で、ヘモグロビン（血色素）とぶどう糖とが結合したもので、この生成過程はきわめてゆっくり持続的に行われ、一～三カ月前の血糖のコントロール状態を反映している。

高血糖の状態が続くと、インスリン作用は低下し、血管を傷つけ、動脈硬化を進行させる。

コレステロールの動脈壁内面への沈着や血糖、特にぶどう糖の増加で血管を傷つけて動脈硬化となるようだ。

風仁が狭心症になった遠因は、コレステロールとぶどう糖の摂取の仕方によるということか。ここで参考のために、手術前の風仁の測定値を示しておく。単位は略す。

ＬＤＬ１８４、ＨＤＬ38、Ａ１ｃ６・５。

風仁が知らないうちに狭心症になったのは、食生活と運動不足のようである。他にあえて言えば、「手が冷たい」と妻から言われていたが、看護師からも言われて、人と違うのかと思った。幼少のころ霜焼けに悩まされた。手の甲も赤く腫れ上がり包帯を巻いていた。今も手先が不器用だ。数年前、手足の指が紫色になりびっくりしたことがあった。壊死かと思った。今時、皮膚科で凍傷の薬をもらえるとは夢にも思わなかった。もう少し早く生まれていてシベリアに抑留されていたら……。靴下をはいていて足が蒸れ、靴下をぬいで足をさわったら冷たく感じることがある。これはどうも狭心症と関係なさそうだ。食事は偏食、欠食はしていない。
心当たりは老化現象。富士山だけが知っている。

今や資本主義は行き詰まりになっているのか。

二　新風

1　新風会

風仁は、より速く、より遠くへの時代の流れに懸念を抱いている。

昭和二十五年（一九五〇年）から昭和五十五年（一九八〇年）にかけて、マネー消費型からタイム消費型への高度経済成長期に、大企業では終身雇用制度や年功序列型賃金制度がうまく適用され、労働者の企業への忠誠心を高め、また労働者にとっても一億総中流という意識を持つようになった。

この終身雇用制度や年功序列型賃金制度は日本独特の制度で、現在の低成長期の格差社会であっても、互いに助け合う官民一体の全国的な組織「互助会」なるもの、たとえば「新風会」（仮）をつくれば、この制度を活用し「貧富の格差をなくせるのではないか」と風仁は考える。

　新風会をつくるのにあたりまず必要なことは、基盤があることと財源を得ることである。新風会は会員制で成り立つものとする。

　新風会をつくるための基盤となるのは、公共職業安定所（ハローワーク）である。地方自治体や民間の職業紹介事業者も含める。これらは求人・求職の業務をなすのであるが、求職者が企業を紹介してもらっても必ずしも就職できるとは限らない。今すぐ仕事をしたい人であれば誰でも職に就けるようにする。ということは、失業者をゼロにすることである。ハローワークはそのまま存在させ、新風会の中に農場や工場などの仕事場を設ける。会社員でも公務員でもない人が新風会で働く場合は、終身雇用制度や年功序列型賃金制度が適用される。新風会の最高運営責任者や指導者はそれなりの報酬を得るものとする。独裁は許されない。

　次に新風会を創設するにあたり財源が必要である。どこから財源を得るか。端的に言えば税金である。税金は国や地方公共団体の活動や政策などに使われる。初めから大事業はできないので、小規模なことから試験的に始める。国の社会保障制度で使う社会保障予算は初めから新風会創設だけに使うのでなく、社会保険の年金保険や雇用保険を使って、たとえば、ハローワークに職を紹介してもらっても就職できなかった場合、ハローワークはそのままにせず、新風会の中に職場をつくって求職者を全員働けるようにする。新風会の一つの基盤としてハローワークを例に挙げた。国の予算である社会保障予算を使って、農場や工場などの仕事場を設けて、誰でも働いて生活ができるようにする。

職場をつくるために税金を使う。新風会は援助するためだけにあるのでなく、働いて収入を得るためにあるべきだ。そうしないと新風会は成り立たない。何もないところから大事業を始めるのは危険である。独裁者が行えば早く目的を達成できるかもしれないが、必ず反対者がいて動乱が起こるかもしれない。失業者などが出ないように初めは試験的に行う。

新風会の究極の目的は、人として普通の生活ができない人のためにある組織であるが、今のところ、保障がなくては生きていけない人には現行の社会保障制度を適用する。新風会の理想は、全国民が新風会の会員になり、貧富の差、障害の有無、技能の優劣に関係なく、誰もが生き甲斐を感ずる活動の場にすることである。聞くところによると、世界中のカネの大半が超富裕層に流れているという。ということはカネはこの世からなくなるということか。

新風会をつくるには財源が必要である。風仁はカネがないのに新風会という組織をつくろうというのだから、変人といわれてもおかしくないか。ひょっとしたら痴呆症か。現在は認知症という。これはピンとこない。真面目な話、年金、医療、介護、生活保護などの保険料を支払う社会保障の支え手である現役世代が減少し、少子高齢化が進み給付が増えている。そこで、新風会の会員が働いて財源を得るようにする。会員が新風会で働くということは、分かり易く言えば、民間企業や自営業で働けなくて、収入が得られないので、新風会で働いて収入を得るということである。民間企業も収益を得るのが難しいのに、新風会が同じような仕事をしても意味がない。新風会ではカネを得るよりモノを得ることにするか。

新風会では、貧困者や障害者が働いて、収入を得て生活できるようにするだけでなく、定年退職して年金で暮らし、特に金銭に困っていない人には、趣味や研究の場を与え、美術品や特許品を作って得た報酬の一部を新風会に寄付してもらい、新風会の財源とする。

新風会の将来の有りようを描いてみる。新風会の組織は、他国からの侵略に対する防衛組織である自衛隊や、国民の生命の保護などを任務とする行政警察作用・司法警察作用を所掌する組織である警察、火災の鎮圧などの任務活動をする組織である消防などのような組織体制とし、住宅を中心に農場や工場、学校、病院のある団地形態とする。自衛隊や警察、消防は人命や財産を守る使命を果たすのに対し、新風会では、人がやりたがらないことをそれなりの報酬を得てなし、その反対に余裕のある人は報酬を当てにせず好きなことができる場とする。

新風会の運営は官民一体で行うのであるが、無報酬の奉仕活動だけの会でなく、民間企業に対抗でき、各人が人間として生き甲斐のある職場であるべきであるので、若い人も指導者として活動できるよう公務員待遇とする。新風会の最高運営責任者の任期は独裁の弊害を避けるため五年とする。

新風会は団地にするとしても、日本では土地の価格は非常に高いので、土地はすべて公有地として、公共団体が必要に応じて使用できるようにする。これって民主主義に反するか。大問題になりそう。社会主義国家みたい。こういうことを論じるためにこそ、国民は国会議員や地方議会議員の選挙には関心を持つべきである。議員が保身や出世のために忖度したり、カネのばらまき政策をするのは感心しない。議員は財源がどこにあるか、考えるべきだ。土地を安く手に入れるには、公有地にするしかないか、と風仁は考える。土地を私的に必要とする場合には、公から相応の額で借りるものとする。

2　格差社会

それは突然だった。大手自動車メーカーのトップが平成三十年（二〇一八年）晩秋に金融商品取引法違反容疑で逮捕された。当メーカーのトップとなる外国人は平成十一年（一九九九年）に入社した。当時の当メーカーは約二兆円の有利子負債を抱えていた。その外国人は平成十三年（二〇〇一年）六月に当メーカーの最高経営責任者（CEO）に選出された。トップは当メーカー復活計画のもとで、生産拠点の閉鎖や余剰資産の売却、そして総従業員の十四パーセントを目標に二万一千人の大幅な人員削減を実施した。平成二十年（二〇〇八年）の米リーマン・ブラザーズ経営破綻を経て、平成二十六年（二〇一四年）には当メーカーの業績はV字回復した。トップの業績は大いに評価されたが、ここで問題が残るのは、リストラされた人達とトップの報酬の差である。

再建で退職させられたある非正規雇用労働者は、年収約二百万円だったといい、トップはその千倍以上の年収を得ていたそうだ。正社員でも多くは工場の閉鎖で単身赴任を余儀なくされ、なかには十年以上も妻子と離れて不自由な生活を強いられた人もいたという。

一方、トップは二十億円以上の年収を得て、所得税のがれのため海外のあちこちに子会社を介して豪邸を得ていた。それらは日本の当メーカーが負担していたそうだ。

このことを世に格差社会という。資本主義社会にあっては、富める者はますます富み、貧しい者はますます貧するという。経営者は労働者より資本家のほうに顔を向ける、とはこのことか。

現在、問題になっているのは、大企業や役所でも非正規雇用労働者がかなりいて、正社員や公務員と同一労働でも賃金格差があるということである。それで、短時間労働や高度専門業務に携わる人達は別として、差別的であるので、非正規雇用労働者をなくすべきだ、と風仁は考える。

非正規雇用労働者という言葉は差別的表現で、風仁は好まない。現今、格差社会という言葉がよく使われる。非正規雇用労働者について述べる前に格差の背景について考察する。

格差社会の格差とは、一般に毎月の収入の多少を意味する。格差には財産や社会的地位の意味もある。相続で得た資産は大きな意味を持つかもしれない。維持能力があればよいが、さもないと宝の持ち腐れとなる。権力など社会的地位があっても、かつて公家や武士も内職をして生活していたこともあり、現代でも学識が豊かでも金持ちとは限らない。ここでは所得格差を問題とする。

格差は昔からあったようである。朝鮮戦争が勃発した昭和二十五年（一九五〇年）から再び格差が拡大し、消費支出がモノからサービスへ移行した昭和五十五年（一九八〇年）頃までの三十年間が高度経済成長期といわれている。東京スカイツリーが建っても今でも人気の東京タワーが昭和三十三年（一九五八年）に完成し、昭和三十九年（一九六四年）には、東京オリンピックの開幕に合わせて、東海道新幹線が開業した。東京・新大阪間三時間余りという数は今も覚えている。今でも新幹線と呼ぶのは不思議である。外国では高速鉄道という。東京タワーも半世紀以上も経っていてもでんと建っている。その頃から科学技術が進歩し、経済も発展するようになった。昭和四十一年（一九六六年）には国民の半数が自分は中流と意識し始め、翌年には一億総中流といわれた。公の調査で生活の程度はと問われ、「中」と答えた人は八七・四パーセントにのぼった。

中流とは生活程度や社会的地位が普通であることで、中流意識は日本人が特に好むようである。戦後混乱期もあったが、奇跡的というべきか、日本人が勤勉というべきか、日本の社会が高度経済成長期、そして安定経済成長期へ続き、その中で一億総中流という階層が生まれた。このことは国民の努力も大きいが、何より大きいのは戦争の放棄である。戦災からの復興に邁進できた。日本はものづくりに励み、品質管理を徹底した。経済成長の政策や戦争放棄に対して公害や領土問題などマイナス面もあるが、ここでは論じない。経済成長期にあっては、持ち家制度で、働いて収入があれば、誰でも自己の住宅を所有できるようになった。年齢とともに収入も増し、融資の返済が容易であった。

どうも人間はたたかいをしないでは生きていけない生き物のようである。たたかいには武力を用いる戦いと困難に立ち向かう闘いがあるようで、大東亜戦争（太平洋戦争）に対して、平和になって日本には戦争はないと思っていたが、平和の世の中でも戦争があるようだ。経済戦争である。たたかいでもこちらの「闘い」のほうか。「闘い」は「戦い」の一部の意という。生き物の戦いは「大自然の法則」に従っているのか。人間以外の生き物も、生き延びるため、子孫を残すため必死に生きている。「経済戦争」を「economic warfare」と言うそうだ。経済戦争も陰湿なようだ。

昭和四十六年（一九七一年）ドル・ショックが突然起こった。ニクソン米大統領はドルの金兌換停止を発表した。世界中の外為市場がドル売りの嵐におそわれた。その時、日本だけ一ドル三六〇円の固定相場は守り切れなくなった。「円」は変動相場制に移行せざるを得なくなった。米国は日本の高度経済成長を日本株式会社と僻む。これが日米経済戦争の始まりか。

第二次世界大戦後の国際通貨体制は、固定相場制とし、米ドルを基軸通貨にすることを戦中に決めた。米国は大戦で直接戦場にならず、大量の金を保有でき、三十五ドルで金一オンスを、各国は米国政府に要求すると交換できることになっていた。だが、ドルが世界のどこでも通用するようになり、世界中にドルがあふれ、米国には金の量が不足するおそれが出てきた。それで、ニクソン大統領はドルと金との交換を停止した。日本は一ドル三〇八円に固定したが、昭和四十八年（一九七三年）二月に変動相場制に移行した。円の切り上げとなり、輸出業界の為替差損が増加し、円高不況となった。この時代にあって、輸出に依存している企業の中には倒産に追い込まれたのもある。

◇

ドル・ショック、円切り上げに続いてオイルショックが発生した。昭和四十八年（一九七三年）十月、第四次中東戦争勃発で、アラブ石油輸出国機構（OAPEC）が石油を減産し、日本企業への石油電力供給制限措置がとられることになった。ドル・ショック後、業者や商社による土地、株、木材などの買い占めでモノ不足となり、物価が上昇し、庶民もトイレットペーパーなどを買いだめする事態となった。

　オイルショックと原子力発電と関係がありそう。平成二十三年（二〇一一年）三月十一日の東北地方太平洋沖地震によって起きた福島第一原子力発電所の事故の前、日本では原子力発電所で商業用、実証用合わせて平成十五年（二〇〇三年）一月時点で五十二基が運転されていて、発電容量は米国、フランスに次いで世界第三位だった。安倍政権は原発輸出を成長戦略としていたが、核拡散の懸念や放射線障害、経費などが問題となり、機器輸出の実績はあれど、原発輸出は皆無という。それにしても日本に東日本大震災前までは、こんなに原発があるとは思わなかった。

　高度経済成長期の終わり、再び格差拡大の昭和五十五年（一九八〇年）頃、定年は五十五歳だった。高齢者が増し、消費は趣味や医療に使われるようになった。この頃、働きざかりの昭和一ケタ生まれの戦中派が、戦中の栄養失調の後遺症でポックリ亡くなる人が多かった。

◇

昭和六十年（一九八五年）はバブルが浸透し、ジャパン・バッシングを受け、一億総中流社会崩壊の年といわれている。高度経済成長期は過ぎモノが溢れ、投機などにカネを使うようになった。米国はこの年、対日赤字が五〇〇億ドルだったという。日本政府は黒字対策として輸入品の購入を呼び掛けたが、欲しい外国製品がないと国民の反応はなかった。左ハンドルの車を日本に売り付けたのではなかったか。戦時中、米軍は戦闘行為をしないで日本の教育や日本人の心理を研究して日本軍を自滅させる方法を考えていた。米国は戦後の日本は軍事費にカネを掛けないと不満だったらしい。日本には軍事というものがないから費用を掛けようがない。日本は戦後、焼け野原からの復興のために軍事でなく経済に全力を注いできた。

米国で日本車が破壊されるのをジャパン・バッシングと言っていたようだが、日米経済戦争はどうなったのだろう。どうもこうもない。この世はカネの世の中。カネでモノを買う必要がなくなれば、変動相場制で相場の変動を利用して金儲けしようとする人がおり、本来は設備投資に使われるべき資金を、カネ余りで一般の人も株や土地に値上がりを予想して投資した。

◇

昭和六十年（一九八五年）、米国の貿易赤字を縮小するため先進五カ国でドル高を是正、ドルの切り下げに同意したプラザ合意で、日本経済は輸出不利な円高不況となり、これで日米経済戦争は終結したか。日本は、米国に太平洋戦争に敗れ、経済戦争にも敗れたと言われていたような記憶がある。

右肩上がりという。何事も無限に続かない。何事も限りがある。日本は戦後、円・ドルの交換レートは、日本経済の実力より円安水準に一ドル三六〇円と定められ、これが高度経済成長に寄与した。米ドルの金交換が危うくなりドル・ショックが起き変動相場制に移行した。日本経済は円高不況となった。一億総中流意識も消費形態が変わり、画一的、均質的から多様化した。バブルの時期には所得格差、資産格差があり、家、相続がない人が三割以上いたという。土地の価格は下がらないという神話があったそうだが、株、土地への投資に熱中し、地価高騰で家が買えない人が現れ、泡は弾けた。それでも驚いたことに、平成二十八年（二〇一六年）の調査で、中流意識の人が九十二パーセントもいたという。日本人は多様化しても普通の人でありたいと思っている人が多いようだ。

3　非正規雇用労働者

カネ、カネ、カネ、……。カネの世の中。金儲けのことばかり。うんざり。今は外国人を入れて人手不足を補うようだ。政府が「一億総活躍社会」を掲げ高齢者や女性の就労を促進させているのは、国民のためか、企業のためか。最近の金持ちの事件をみると、下層者を犠牲にして企業の再建を名目に巨万の富を得て、貧富の差を拡大させている。

平成の時代も押し詰まった或る朝のニュースで、四十歳から六十四歳の中高年のひきこもりの人達が六十一万人もいるという。引きこもりの人達を支援する必要があるが、ここでは、非正規雇用労働者でも、本来なら正社員であるべきところ、有期契約労働者や派遣労働者、パートタイム労働者として働いている人達について考える。

本来なら正社員であるべきであるが、そうならなかったのは時の流れか。この人達をここでは非正規社員と呼ぶことにする。なぜ非正規社員を取り上げたかというと、非正規社員であるがゆえに、実力があっても正社員と待遇面で差別されているからである。非正規社員こそ真っ先に「新風会」に入会して、民間企業並みの収益を得る仕事をして、自身が終身雇用制度や年功序列型賃金制度を適用されるようにする。終身雇用制度や年功序列型賃金制度は時流に合わないと言われそう。米国では仕事への適合や待遇を考えて転職するのが当たり前のようだ。実力優先社会だからだろう。日本でも転職は自由だが、あえて終身雇用制度や年功序列型賃金制度にこだわるのは失業者をゼロにするためだ。格差社会をなくし、日本人好みの中流社会を保つためだ。

終戦後の日本での高度経済成長期にあっては、大企業の「社員」にわざわざ「正社員」と「正」をつけなかったと記憶する。一般的には「サラリーマン」「ホワイトカラー」「サラリーマン重役」と呼んでいた。外国で「サラリーマン」という呼び方をするのは「日本の会社員」のことであったようだ。戦前は農業就業者が多く、仕事はきつく収益は少なく、戦後会社勤めをする人が多くなった。大都市の工場や商店への中卒者の集団就職という現象があった。技術革新で生活様式が一変した。就職難の時でも理系の学卒者はもてはやされた。だが、どっこい、「気楽なサラリーマン」ではいられなくなった。モノを作れば作るほど売れる時代は終わった。明るい未来は永遠に続かなかった。便利な製品でも国民すべてに行き渡れば、多く作る必要はなくなるだろうという予想はしていた。

出る杭は打たれた。「日本株式会社」はドル・ショックに打たれた。個人にしても、社会にしても、国家にしても、いつ何が起きるか分からない。平和だからのほほんとしていられない。人間は考える葦である。人間は平和な時であっても宿命的に思考なしに生きていけない弱い生き物である。生きようとするなら、先を読もう。

政界では閣僚の相次ぐ失言などささいなことで時間をつぶしているようだが、もっとでかいことを考えてみる。NHKのテレビ『チコちゃんに叱られる！』という番組を見た。「夜はどうして暗いの？」という題である。当たり前のように一般の人は「地球が自転して人が太陽の光を受けない位置に来るから」と答える。こういう単純な答え方をすると「ボーッと生きてんじゃねーよ」と五歳の女の子は渋い顔をする。考え方をもっと広く、宇宙的に考える必要がある。怖いチコちゃんでなく天文学者によると「宇宙に涯てがあるから夜は暗い」という。宇宙に涯てがないと夜は明るいことになる。星の数は無限にあるわけでない。宇宙は最初、超高温で超高密度に凝集した物質であった。その後、爆発的に膨張を始めた。膨張にともなって温度は下がった。宇宙が透明になると物質は自身の重力で凝集し、さらに成長して銀河ができた。銀河内部でも密度の濃淡が成長し、恒星や太陽、惑星などができてきた。宇宙は現在膨張を続けている。この膨張が永遠に続くのか、それとも膨張はやがて止まり収縮に向かうのか。膨張を止める力は宇宙に存在する物質の重力である。宇宙に存在する物質密度が低ければ宇宙は膨張を続け、高ければ膨張はいずれ止まる。われわれに認識可能な宇宙の涯ては約百五十億光年に達し、銀河は約百億個以上存在するが、星の数は無限にあるわけでなく、すきまがあり、夜は明るくならない。人間の目には科学装置を使って約百五十億光年先まで光が見えるということ。そこを宇宙の涯てという。

高度経済成長期の初期にあっては、非正規社員という言い方はなかったように思う。それでもサラリーマンになる人ばかりではなかった。ちゃんとした勤め先に入っても上司と喧嘩してすぐやめたり、サラリーマンになって働いていても独立したいと勤務先を退社する人も珍しくはなかった。

ドル・ショック後、為替相場が変動相場制になって、円高不況となり、倒産する企業もあり、人員整理で解雇される人もいた。まだこの頃は企業の多角化や新規事業開発が活発で、専門的な職業能力のある従業員が必要とされた。中途でも終身雇用の社員として採用されることもあった。だが、バブル崩壊後は非正規雇用労働者が増加した。

風仁よ、「非正規雇用労働者」の「非」をなんとかせよといわれても、風仁の力ではたやすくできない。戦争と経済と関係があり、経済は金銭と関係がある。一般にいうカネである。風仁はカネにはうとい。だから「気楽なサラリーマン」になったか。今でも自分のことをサラリーマンという人がいるようだが、サラリーマンといっても容易にはなれなかった。サラリーマンといっても気楽ではいられなかった。企業戦士がいた。本来サラリーマンは従業員であって企業の所有者ではないのであるが、日本ではホワイトカラーの終身雇用制により、サラリーマンが役員になることがある。会社が倒産して社長になりそこなったという人がいた。

ところで風仁はどうしたといわれても、奇跡的に生きてきたというほかにない。カネの話であった。風仁はぼけたか「円高不況」の「高」に引っ掛かった。

昭和四十六年（一九七一年）八月十五日、ニクソン米大統領がドルの金兌換停止を発表し、ドル・ショックが起こった。その時、日本は一ドル三六〇円の固定相場だった。ドル売り殺到で混乱していた東京為替市場は閉鎖していたが、ドル切り下げにともない昭和四十八年（一九七三年）二月十四日に再開し、一ドル二七一円の八九円の円高相場となった。ここで、風仁が気になるのは、三六〇円から二七一円に数値が下がったら、なぜ円高という表現になるか、という素人的考えである。現実に円高になれば輸出して円の受取額が減少することになっており、それを円高不況という定義になっていればそれまでであるが、風仁は教養のなさを暴露することを覚悟の上でつっこみを入れる。

円高の説明で辞書に「為替相場で、相手の外貨に対する日本の円の価値の高い場合をいう」とある。文章を数式で表すのは算数の問題。一ドル三六〇円はドルを基準にした表現。円を基準にした表現では一円は三六〇分の一ドル、一ドル二七一円では一円は二七一分の一ドルとなり、円高の表現になったたか。

円高は数値の上では、よい意味に感じる。大漁貧乏という言葉がある。大漁は喜ばしいことであるが、大漁すぎると漁獲物の価格が大幅に下がり、漁民の収入も減る。円高不況の円は確かに価値は上がるが、輸出企業の収益は減少する。円高で輸入品は安くなった。製品を逆輸入するようになった。工場を海外に移すようになった。昭和六十年（一九八五年）秋から大幅に円相場が上昇、石油価格の下落もあって輸入品の価格は低下した。しかし、一般消費者には差益還元はさほどなかったみたいだった。それにしても、平成に入ってからも、外国製品は安いようだ。品質が良くても高価な日本製品を買わず、安い外国製品を買う人が多いようだ。なんでこんなまずいものを食べなければならないのか、と思うことがある。

非正規雇用労働者のことをわすれていた。非正規社員をどうするかということである。カネさえあれば非正規社員を正社員にできるのは当たり前であるが、カネはカネ

でも使い方を考えてみる。

現在は輸出入は黒字になることもあり、新学卒者の就職は売手市場が続き、人手不足とも言われている。それでも非正規雇用の形態は多様化し、働き手としては自由かもしれないが報酬はかなり低いようである。

それで非正規社員を正規社員として働けるようにするのが、新風会である。今の世の中、いつ何が起こるか分からない。それで企業は非正規社員を雇うようになった。企業倒産などで解雇された場合、新風会が受け入れる。公共職業安定所の紹介で企業に正社員として就職できれば問題ないが、このような中途採用ができたのも昭和末期までのことか。公共職業安定所と新風会を直結させる必要がある。新風会の中に収益が得られる場を作ることである。公も税収だけでなく労働によって収益を得るようにする。

課題となるのは、新風会の中に収益が得られる場である農場や工場を作るための財源である。新風会の事業が軌道に乗れば新風会の会員だけで運営できるかもしれないが、当初は税金に依存する。寄付に頼らない。詐欺の絶好の餌食となること必定。公共事業に付く税金は一般会計予算から支出される。土木事業、住宅、産業、社会保障、教育など新風会に関係あるものが含まれる。ここから新風会の事業の財源を得ようという魂胆である。風仁に魂胆があるのかと言われても……。空論に終わらせたくないので、もう少しがんばってみる。

政府、地方公共団体が、特定の事業の促進を期するために地方公共団体、民間法人、個人等に交付する補助金というものがあり、補助金政策には政治家が介在しているという。補助金が必ずしもうまく機能せず利権化さえしているのもあるといい、そういうむだにされている補助金を新風会にまわせないか。国会であげ足取りあそびをしていないで、議員は今太閤と言われるような、新風会で気宇壮大な計画を立て大事業を実現してもらいたいものだ。

将来的には新風会は自衛隊規模とし、災害時には即対応可能とする。新風会はただたんに弱者救済だけを目的とせず、弱者でも志のある者の社会復帰を助ける。身体障害者を考慮して新風会の活動場所は、住居を中心として仕事場、病院、学校、商店を近くに設ける。団地形態とする。運営は官民一体とする。

4　就職氷河期世代

今からでも決して遅くはない。十分間に合う。迷うことはない。……。間に合う。

今この一瞬、決断を。生き抜くために。

すっかり忘れていた。風仁もすっかりぼけたか。「同一労働同一賃金」という政府の掛け声が頭にこびりついて、「就職氷河期世代」というフレーズは頭から飛んでいた。

平成も押し詰まった或る日の朝刊の一面トップに「氷河期世代」「政府の助成金」という見出しが目に入った。「就職氷河期世代」の非正規社員の正社員化は「同一労働同一賃金」や「助成金」ですませる問題ではない。風仁はやっかいな問題であると思った。なお「助成金」と「補助金」は同じ意味である。この章では新聞の記事の表現そのままにした。

リーマン・ショックの後のような強烈な不況がいつ発生するか分からないので、経営者は非正規社員を雇うのであろう。昭和時代は中途採用者でも正社員として採用された。平成の時代になって景気と関係があり、非正規社員を簡単に正社員にしないようである。そういうことで、風仁は新風会というものを思いついたのであったが、就職氷河期世代の人達はもっと深刻な悩みがあるようだ。キャリアがないことだ。職業上の技能や技術があれば、非正規社員であっても正社員と同等の「同一労働同一賃金」制が適用されるだろう。

平成初期、バブル崩壊のあおりで中小金融機関の破綻が始まったころから十年間が新卒の氷河期で、平成二十八年（二〇一六年）時点での総務省の調査では、三十五歳から四十四歳になっており、非正規で働く人は約三百八十六万人に上るという。

非正規で働く人達をどのようにして正社員並みに処遇するかが、社会的課題である。正規と非正規の差別は昭和の高度経済成長期ではあり得ないことであった。どうして平成になってそうなったか。現在の社会情勢を考察してみる。

分かりやすく言えば、モノを作れば売れ、給料も上がり、自宅が持てる時代は昔のこと。今は、モノを作っても売れず、給料は伸びなやみ、買っても安いモノ、あるのはゴミの山、一口で言えばデフレーション。

政府は非正規社員も正社員と同一労働同一賃金にしようとしているようだ。こういう制度を作るということは、正社員と非正規社員の存在を認めることか。風仁は一時的な労働は別として、正規の時間に働いて正規と非正規と差別するのは非人道的と思う。

平成二十九年（二〇一七年）の時点で非正規社員は二千万人超に上り、全労働者の四割弱で、非正規社員の賃金水準は正社員の六割弱という。

政府は正社員と非正規社員の格差是正に着手しているという。病気休暇などの福利厚生や時間外労働手当の割増率などの手当は、正社員と非正規社員と同一にあつかえるが、職業上の技能や技術は差がありすぎると思える。だが賃金に差があっても当然と思われてもしかたないか。それでいいのか、というのが問題だ。新風会でなんとかならないかと考える。その前に世の中はどうなっているか、もう少しのぞいてみる。

◇

政府は平成最終年の一月、平成二十四年（二〇一二年）からの景気拡大期が六年二カ月に達し、戦後最長を更新したとの見解を表明した。一般的には景気がいいという実感はないようで、視界不良のようである。平成の時代は大きな災害が多かったが、日本にとっては戦争のない時代、令和の時代は戦争も災害もない時代であることを望む人が多いようで、経済のありようも安定を望むところか。

平成最終年の春闘で、電機や自動車の大企業は、四月からの賃上げ率を相次いで前年より引き下げた。米中貿易摩擦による中国経済の減速で、日本の輸出が落ち込んだのが要因のようである。話が飛ぶが、経済のありようか、資本主義の行き詰まりか、考えてしまう。

経団連は平成最後の春、春の新卒一括採用から通年採用への移行が必要と提言した。さらに終身雇用制についても世界との競争に立ちゆかなくなっているという。終身雇用制や年功序列賃金制の日本型雇用形態では、世界との競争に企業が成り立たないようであるが、逆に労働者にとっては通年採用はよしとしても、企業側の解雇自由は労働者に不安をいだかせることになり、社会不安をもたらすと思う。自由に転職ができるのは能力のある人で、普通の人には転職は冒険だ。

厚生労働省は就職氷河期世代を正社員として採用するように、企業に助成金を支給しているようであるが、助成金の利用が予算の一割未満にとどまっているという。こういう余った助成金や他の無駄に使われている補助金を新風会に回して、新風会の財源の一部にすることもできるであろう。就職氷河期世代に期待することは、働き盛りの年頃で、職業教育・訓練・研修を受け職業技能・技術を習得し、企業で正社員として働き、税金を納め、社会に寄与できる人となることである。助成金は企業に支給するのでなく、新風会の職業教育施設に回すべきである。

ここで重要なことは、誰が新風会を創設するのかということである。言い出しっぺの風仁がやれということになるのか。風仁には荷が重すぎる。風仁には肝心な寿命がまさに尽きんとしている。なにを寝ぼけたことをぬかすかと言われても。で、この話はここで終わりにしてしまうのも……ということもあって、風仁は思いついた。

政治家である。目先のことを考えている人間でなく、今太閤のような先の先を読む人間である。風仁が考えている新風会でなくても、デフレーションの世であっても、昭和の高度経済成長期の一億総中流社会を実現できるような、指導力のある政治家の出現である。

今太閤出現にさしあたってなすべきことは、国会議員の選挙制度改革である。現行の参議院や衆議院の議員選挙制度では、政党を選ぶとか小選挙区比例代表並立制とか複雑しすぎて経費や時間が無駄だと思われる。選挙をする前にどの候補者が当選するか分かっていて、投票率のなんと低いことよ。定員議員数に対する投票者数の割合が選挙区によって違いがあり問題になっていて、時間をつぶしている。定員議員数は選挙区の投票権者数によって決めるのでなく、どの選挙区も定員議員数は同数としておく。立候補者が被選挙に不利と思えば他の選挙区から立候補できるものとする。選挙区の区域は都道府県単位が好ましいか。同一の政党から複数の候補者を出せる。新人は無所属から立候補する。候補者は選挙目当てのばらまき的政策でなく革新的政策を主張すべきだ。

新風会の組織を作るに当たり土地が必要である。土地は高価であるので公有地とする。単細胞的に言ってしまったが、問題ないか。島を国有地にしたら、外国から内政干渉を受けた。不動産業界から一言あるか。一言どころでないか。社会主義的発想か。近年高齢化が進み空き家が増えている。所有者が一年以上放置すれば法に基づいて公有地にする。所有権不明の場合も公有地にする。一般の人や民間企業が公有地の使用を希望する場合は、公的に支障のない限り有料で借りられるものとする。私有地の公有化は問題がありそうなので徐々に進める。今のところ新風会が得ようとしている分だけ考えればよい。

土地を確保すれば建物を建てるのはむずかしくないようで、全く素人でも家を建てる人がいる。見映えのいい家を建てても、台所もトイレもない仕事場で妻女が近寄れなかったり、山奥に小屋のような家を建てても、昼には彼女が弁当を持って来てくれて人間としての生活をしていたり、大都会で最先端の仕事をしていた人が、クルマを家にして日本列島のあちこち移動したりして、今は家には困らないようだ。余談だが、自宅はちゃんとあっても、自分の部屋を持たない夫が四割いるという。自分の部屋がなくても生きていけるということか。

就職氷河期世代の人達は、非正規で働いていても年齢的にまだ将来に希望が持てる。そのために新風会を創設することを思いついた。新風会を利用する人は誰でもよいのであるが、創設するに当たり財源が必要となり、将来税金をたっぷり納付してくれることを期待して、就職氷河期世代の人達に新風会を利用することを勧める。

新風会をそろそろ具体的にどのようにつくるか説明に入ろうと思うのであるが、風仁にとってなかなか重荷である。場所と施設は税金だけで頼ることができるのか。肝心の就職氷河期世代の人達はどのくらいの経済力があるのか。これから再教育を受けてきびしい社会の荒波を越えるための体力と経済力があるのか。経済力があれば非正規でも生きていく能力のある人である。ここでは、体力と希望のある人、なにかしたいと思う気持ちがあれど実行力のない人を対象とする。新風会の場所と施設は公有のものを利用する。

新風会の活動は当初は試験的に行う。予算を考慮して大々的に行わない。過疎地や空き家、高齢者だけの団地を利用する。バスでの移動を考えてグループの一組を四十人ぐらいとする。一組四十人はあくまでも一例である。ここでは四十人一組とし、大卒者で年齢は四十代後半、三年間仲良く団体行動ができ、民間企業の正社員を希望する者とする。このグループの人達は通常の教養はあれど家族を養う経済力がないことを前提としているので、正社員として就職するまでの教育期間の三年間は、衣食住や社会保障を無料で受けられる。但し、新風会は税金だけでは維持できないので、三年間の最初の一年間は法定労働時間の労働が課せられる。労働の内容は民間企業がやりたがらないものとする。

ＩＴ企業などで通年採用が広がっているそうだ。高度情報通信ネットワーク社会と言われている。現在は仕事も私事も効率化を求められる時代である。情報技術関係の企業は人材不足だそうだ。情報技術の分野の仕事では高度の専門知識を必要とし、なによりも忍耐力が必須条件だ。

大都会でＩＴ企業に勤務していて、離職していないなか暮らしをする人の話をよく聞く。昔は農業がきつくて都会に出て働く人が多かったようだが、今は子育てにいなかがいいという人がいる。外国の話で、四十歳まで寝食忘れＩＴの仕事に没頭し、大金を得てＩＴの仕事をやめ、それ以降、ボランティアや報酬の多少と関係ない好きな仕事などして日々を暮らしている人がいるという。

平成最終年の高校・大学の新卒者は売手市場という。それなら就職氷河期世代も正社員になれるかというと、そうはいかないらしい。最近はＩＴ（情報技術）やＩｏＴ（モノのインターネット）、ＡＩ（人工知能）が新聞やテレビで目につくようになり、これらを応用したパソコンやスマートフォンは一般的に利用されている。高度な推論能力をもたせたロボットは研究中であるが、コンピューターはロボットの中枢として利用されている。ＡＩは胃ガンなど画像診断に利用されつつあるという。最終診断は医師が行う。

スマートフォンを使うのは容易かもしれないが、中年になってＩＴ企業で働くためには、エレクトロニクス（電子工学）の基礎である数学と物理から学ばなければならずかなりきつい。エレクトロニクスの知識があるなら、就職氷河期世代であっても、卒業時点で就職できたはずである。非正規社員と呼ばれるのは、個人の責任という人がいるようだが、酷か。そのために新風会を設けようとした。

特殊の職や専門職につくには資格が必要で、そのためには資格試験に合格する必要がある。大学卒業程度の知識を持つものは卒業早々取得するのが有利である。

インターンシップは本来は在学中の学生が企業での就業体験するための制度である。

新風会では、企業に正社員として就職するために研修の三年間のうち最初の一年間は、人生百年を生き抜くために体力が得られるボランティアや、企業機密にふれないように企業内で報酬が得られる作業をする。研修の残りの二年間は、一般教養や時代の最先端の業務に関する専門知識や技能を得る教科を学ぶ。希望の内容が違った教科でも応用がつくように学ぶ。インターンシップも取り入れる。

研修生が研修後企業に採用されなかった場合は、新風会が無条件で採用する。新風会内で働くことになる。

新風会の創設には組織の運営などまだまだ課題がある。

5　少子高齢化社会

少子高齢化と新風会とどういう関係があるのか。子どもや高齢者に働けと言っても無理。新風会に子どもや高齢者が入ると、消費が多くなり新風会を運営する財源が得られない。ここで問題になるのが主婦。

この章の題「少子高齢化社会」には「主婦」や「女性」という言葉は表面上入っていないが、意味するところは大きい。主婦という言葉は、江戸時代から明治時代へ経済構造が変わった頃、翻訳されたもののようだ。農業の時代から製造業の時代になり、夫は外で働き、妻は家を守るという性別役割分業となった。女性解放運動なる言葉があったところをみると、主婦という表現は、隷属を想像するのであろう。農業の時代もそうであったと思われるが、主婦は一家の中心的女性であったので、「主」がつけられたのであろう。それにしても家の権限は夫にあった。

風仁は余命いくばくもない年になって、こんなことで悩まされるとは夢にも思わなかった。新風会を設立しよう。単なる妄想であれば、それまでであるが。繰り返しになるが、新風会の目標は、人命や財産を守る自衛隊や警察、消防と同様な全国的な組織とし、弱者救済を使命とする。働く意志があればたとえ障害者であっても、公共職業安定所は必ず職場を紹介するものとする。障害者でも企業で特別扱いされることなく、一般の職員と自然に働いている人もいるが、新風会の中での職場で働くのが好ましいか。新風会は企業と競合することなく、収益を得て新風会の運営に役立たせる。究極的には難病患者も新風会の会員とし、税金が使われるものとする。これ以後、新風会が設立されたものとして話を進める。

　女性が大学を卒業して就職し、その職業が天職であったら、喜びと共に悩みが生じるかもしれない。一生天職の場で働けるのか。男性ならそのような不安は感じないだろう。結婚である。結婚しても働けないこともないが、子どもが産まれたら勤めをやめなければならないのか。これが女性にとって一生の重大な問題である。数人の子どもを出産しても高齢まで教職に就いていた女性の例もある。仕事の相手が児童・生徒・学生であるので、勝手に休暇をとれないし、女性教師自身の子ども達の年齢差は大きい。女性教師の育児休暇は取り易いほうか。いや、教師でも非常勤の人が多いそうだ。

出産など長期休暇をとり、同じ職場に復帰できない場合があるかもしれない。専門的知識や技能を劣化させないように、新風会の中に教育機関を設けて再教育を受けられるようにする。

人間はなんと勝手な生きものであることよ。人口が増加しても減少しても手を加える。手を加えないと非人道的と言われたり、また逆に手を加えても非人道的な扱いと言われ、のちのち問題になることもある。

人口の増加は戦争と関係があるか。社会変革を含むか。変革には暴動はつきものか。日本では江戸時代前半と明治以降に人口が増えたそうだ。江戸時代に入って人口が増えたのは戦乱がなくなったからだと考えられる。人口増加と「生類憐れみの令」とどういう関係があるのか考えてしまう。徳川五代将軍綱吉が生類愛護のため発布したとされる。その中に人間に関して捨て子・捨て病人の禁止とある。この政策には、将軍の個人的な思惑があったのであろうか。それにしても、犬愛護令は江戸市民の反感を買ったという。風仁は高校時代に日本史の授業で「生類憐れみの令」は悪法と習ったように思うが、現在では人道主義的意味合いがあるとも言われている。

その後、徳川幕府が貨幣経済化と欧米列強による日本への植民地政策に対応不能になり崩壊し、明治時代に入って農業の時代から製造業の時代になり、人口が増加した。

第二次世界大戦の大量殺戮戦争で日本は敗れ、小都市も壊滅し、このままでは一千万人が餓死すると言われた。それで日本は戦争を放棄し、経済発展に邁進した。見渡せば焼け野原。食糧難、伝染病に悩まされる中、男性が復員して、戦争で結婚の機会を失った男女が出会い、昭和二十二年（一九四七年）から昭和二十四年（一九四九年）にかけて出生数が大きく増えた。これまで二〇〇万人程度だった出生数が、この三年間は毎年二六〇万人から二七〇万人もの赤ちゃんが誕生して、ベビーブームの時代となり、後に「団塊の世代」と言われるようになった。なお、昭和二十四年の一人の女性が一生に産む子どもの平均数である合計特殊出生率は四・三二であった。一家には四人の子どもがいた。団塊の世代の子どもを団塊ジュニアと呼ぶ。団塊ジュニアが適齢期になった昭和四十六年（一九七一年）から昭和四十九年（一九七四年）に第二次ベビーブームとなり、各年二〇〇万人以上の赤ちゃんが産まれた。

戦争で人口が減少するのは悲しいが、平和になって人口が増加することは喜ばしいと思うのが常である。大自然の法則によれば、平和になれば人口は必然的に増加するように思えるが、人口増加は故意に抑制された。敗戦後の食糧難から人口抑制の必要性が生じて「優生保護法」が昭和二十三年（一九四八年）に制定された。これは、太平洋戦争突入直前の昭和十六年（一九四一年）七月一日に施行された「国民優生法」の強い国民をつくるため、心身ともに健全な優生結婚をめざす、と反対の意味がある。優生保護法は優生学上の見地から不良な子孫の出生を防止し、母体保護を目的とする法律で、国民優生法からみれば、優生保護法には中絶理由に経済的理由も含まれ刑法の堕胎罪が適用されるという。現在は優生保護法を改正し、平成八年（一九九六年）に母体保護法が制定されている。

終戦直後、食糧難による餓死で人口減少を恐れる中、人口増加を恐れる風潮もあった。大自然の法則で平和であれば人口増加は必然であり、何事も無限ということは有り得ないが、人口が過剰になり人口爆発が大問題になると予測されていて、優生保護法が制定されたのであろう。「人口爆発」の爆発は過剰増加の意味で、また爆発は限界に達し、こなごなになる意味でもある。大自然の法則の人口減少である。人口の減少も増加も恐ろしい。

終戦直後、「家族計画」という言葉があったところをみると、人口爆発が予想されたのであろう。予想に反して、現在では子どもが減り、高齢者が増えているのが大問題になっている。日本の人口減少が問題になっている。日本の人口の推移を見つめる。終戦の昭和二十年（一九四五年）の日本の総人口は七二一五万人。昭和四十二年（一九六七年）に一億人を突破。この頃、「核家族」ということばがいわれるようになり少子化と関係があるようだ。昭和五十年（一九七五年）以降、出生数が減少し少子化が進行した。家族制度の変化が核家族化を生み少子化となったか。日本の人口置換水準は二・〇八と推計されている。「人口置換水準」とは長期的に人口が安定的に維持される合計特殊出生率のこと。日本の合計特殊出生率は昭和四十九年（一九七四年）以降、人口置換水準二・〇八を下回っており、昭和五十年（一九七五年）の合計特殊出生率は一・九一で日本の総人口は一億一一九四万人。日本の総人口は平成十七年（二〇〇五年）に戦後初めて自然減少し一億二七七六万人。平成二十年（二〇〇八年）の一億二八〇八万人をピークに翌年より減少に転じ、人口減少社会が到来した。

昭和六十四年・平成元年（一九八九年）の合計特殊出生率は一・五七で、それまで最低だった丙午の昭和四十一年（一九六六年）の一・五八を下回った。なお、昭和四十一年の出生数は一三六万人でその前年より二五パーセント減っていた。一・五七ショックという。それで、政府は初めて少子化対策の検討を始めた。

余計なことを言うようだが、干支の話は中国で昔、人口調節に作った話かも。前に、家族の権限は夫にあった、と述べたが、その復讐かも。次の丙午は、十干を五行に配当し、十二支を組み合わせると令和八年（二〇二六年）である。昭和前期は殺戮戦争の時代、昭和中期・後期・平成の時代は経済戦争の時代、令和は男と女の戦争の時代か。熱い戦争をしなくても人類は滅亡へ向かっているみたい。

権限という言葉は大げさな表現だけれど、子孫繁栄の努力は人間だけでなく動物にとっても大変なようで、鳥の雌の権限について述べる。ＮＨＫのテレビで、「人面鳥」を見た。ニューギニアの密林に住む極楽鳥の黒い鳥で、結婚の準備というか、繁殖の準備を雄が掃除から始め、踊り場を作り、踊りの稽古を始めた。ある日、稽古中に木の上の枝に雌がやってきて、雄の踊りを真上からのぞいていた。雄は踊りをやめ、雌に近寄った。雌はすかさずくちばしで雄の頭をつっついて、すげなく飛び去って行った。物好きにも人間が木の上にカメラを仕掛けて置いてあった。あとで写真を見て検証した。両目がそろっておらず「修行がたりない」と雌が思ったようだ。

平成六年（一九九四年）十二月に国は子育て支援のためのエンゼルプランを策定した。少子化傾向で労働力不足や社会保障負担の増大を考慮した。

平成十七年（二〇〇五年）に出生数一〇六万人に対し死亡数一〇八万人で、初めて出生数が死亡数を下回り、日本の総人口が二万人減少した。この年の合計特殊出生率は一・二六であった。

平成二十八年（二〇一六年）は、出生数が初めて一〇〇万人を割り込み、死亡数は一三〇万人を上回る。平成二十九年（二〇一七年）の総人口は前年より二三万人減って一億二六七一万人で、今後も人口は減少していくようだ。

戦後の科学技術の向上と産業と経済の発展、さらに民主化という時代の流れにより、都市化、核家族化、高学歴化などがあり、さらに時代が進んで所得格差の時代となり、結婚できない時代になったことが最大の少子化の原因だ。

新風会と少子化の関係の問題は解決されていないことを承知の上で、高齢化の問題に入る。はっきり言えば、風仁は男で女性のことは無知であることである。女性の働き方については後述する。

昭和二十五年（一九五〇年）頃、日本の総人口に占める六十五歳以上の割合である高齢化率は、欧米先進国の約半分にすぎなかった。高齢化率は平成二年（一九九〇年）の一二・一パーセントから平成三十一年・令和元年（二〇一九年）には推計二八・六パーセントへと大幅に上昇するとされていた。最近、政府は二八・〇パーセントと公表。なお、日本の高齢化率は昭和四十五年（一九七〇年）頃から急激な右肩上がりとなり、平成十二年（二〇〇〇年）の時点では、日本の高齢化率は一七・四パーセントで欧米先進国を追い越した。日本の高齢化は欧米先進国にくらべて速く進んでいる。令和五十二年（二〇四〇年）には三五・三パーセントに達すると推計されている。令和六十二年（二〇五〇年）には高齢化率は三九・六パーセントに達してピークになると予測されている。

人口構成図は、若年齢層の幅が広く、高年齢層は狭くなっている富士山型が理想的であるが、日本は現在、将来も、若年齢層が狭く、高年齢層が広くなっている逆ひょうたん型となっている。国立社会保障・人口問題研究所の「日本の将来推計人口」（二〇一七年推計）によれば「二〇一五年から二〇六五年の間に総人口に占める生産年齢（十五～六十四歳）人口の割合は六一パーセントから五一パーセントへ低下、一方で高齢者（六十五歳以上）の割合は二七パーセントから三八パーセントに上昇する見込み」とある。

二〇二五年の七十五歳以上の人口は二一八〇万人で、総人口の一八パーセントを占めると予測されている。医療費など社会保障費の増大が懸念されている。これを「二〇二五年問題」というそうである。

統計表の数値を見詰めてばかりいると、睡魔に襲われるのであるが、よくよく見れば数値が間違っているのではないか、と目を回した。出生数が死亡数を下回り続くと、日本は少子高齢化社会から、将来、無子超高齢化社会へ、さらに、日本列島から日本人が自然消滅し、日本列島は異国人の住むところとなるだろう。

6　ひきこもり

令和元年夏のある日、京都で火事があったと昼のニュースで報じていた。その時は死者数は多くなかった。晩のニュースで驚いたことに三十三人の死亡を確認したという。化学工場の火災でも怪我人ゼロということもあるのに、死者三十三人とはむごいと思った。火事のニュースは人ごとのように聞いていることが多く、高層ビル火災でも一室だけで他に延焼しないようになっていると思っていた。

この火事、火の不始末ではなかった。世界を驚かす大事件になるとは風仁は思わなかった。「京アニ」と聞いただけでは何のことか分からない人もいるかもしれないと報じていた。「京アニ」を横文字で、意外に海外で知られているようである。「京アニ」は海外でも有名なようであるが、風仁にはぴんとこなかった。風仁の小学や中学時代は、学校に漫画や小説の本を持って来てはいけないことになっていた。幼稚的とか道徳上のことが理由のようであった。それでも、文字を覚えたころ、児童向けの雑誌に載っていた漫画の宇宙の話はおもしろかった。子どもが宇宙からわが家を望遠鏡でのぞいている絵は今も覚えている。

この火事、アニメ会社放火殺人事件だった。アニメ制作会社「京都アニメーション」の三階建ての建物の火災で、ガソリンによる放火でアニメーターは建物の中に閉じ込められた。

アニメーションファンにとってはそれなりの思いがあると思うが、風仁にとっては、容疑者が「小説をぱくられた」と言ったことが気になった。

今、ここで書いている風仁の作文のことである。この作文は盗用ではないかということである。この作文は風仁自身の実体験に基づくものではない。社会的、国家的問題を何とかならないかと、浅学非才の身ながら物好きにもちょっかいを出したまでのことであるのだが。

統計数値を多用し、用語の定義をそのまま引用してきた。引用のもとになるのは公の機関が調査したものであり、それをまとめたものもあるが、さらに使い易くした民間の書籍もある。風仁はそれらを参考にした。風仁は論文や学術書を書くつもりは毛頭なく、どの書籍を参考にしたか、あえて明記せず参考書籍が分かるように表記した。参考文献を記すのはぎょうぎょうしいというか、面倒なのが本音。

◇

ここでは、ニート、ひきこもり、就職氷河期世代など無業者について取り上げる。フリーターや失業者、精神障害者などを除く。国内総生産（ＧＤＰ）を上げるために、また本人のためにも無業者をなくすことを考える。

ニートは一九九九年（平成十一年）にブレア政権下の英国で命名された概念で、教育を受けず、職業に就かず、職業訓練も受けていない若者のことで、日本では平成一六年（二〇〇四年）労働省（現厚生労働省）が労働白書で問題化した。

ひきこもり現象は日本ではニート以前にあったようだ。平成に入ってから自宅の自室に長期間とじこもる青少年の間で増加し社会問題化した。日本語の動詞としての「引き籠もる」はあっても名詞としての「ひきこもり」はもともとなかったようだ。ひきこもりは外国語からの翻訳とか。今ではひきこもりは横文字にして外国で通じているらしい。それにしても、ニートやひきこもりは場合によって意味合いがかなり違うようだ。日本ではひきこもりはかなり深刻である。「８０５０問題」があり、無差別殺人事件もある。令和元年夏、ＮＨＫテレビがひきこもりに関して放映していた。ひきこもりの人は百万人以上いるという。働きたくないのでなく働けない人が現在百万人いるとして、無業者と呼ぶことにする。身分としては研修生とする。これより新風会の実態に入る。

すでに述べたように、自衛隊や警察、消防は直接人命にかかわる必要ゆえの国家的組織であり、新風会も厳しい競争社会からなにびとも落伍しないための、大々的な国家的組織を構築しようとするものである。これもすでに述べたが、新風会の活動場所は、過疎地に住居を中心として農場、工場、病院、学校、商店などがある団地形態とする。団地形態にした理由は、身体障害者や高齢者が病院通いや商店で買い物し易くするためである。運営は官民一体とするのであるが、たんなる天下りや出向でなく、指導力、仁徳のある人物が上に立ち、中間管理職も同様とし、それなりの報酬を得るものとする。さらに、必要不可欠なものに財源がある。財源は税金を使うのであるが、新風会自体が官民一体であるので、積極的に収益を得るものとする。

とは言っても、問題なのは「８０５０問題」の人達である。無業者の四十代、五十代の人で、収益を得られる仕事ができるかということである。働きたくないから働かない人は、そういう人もいるかもしれないが、いるとしてもごくわずかだろう。働きたくないのでなく働けない人が、他人や社会と接触しないで自宅に仕方なく閉じ籠もっているのであろう。なぜ、そうなったのか。一例として学校でのいじめが考えられる。弱い者いじめをして面白がる者がいる。そういう子は親から虐待を受けているかもしれない。弱い子の欠点を揶揄するいじめっ子がいる。いじめられて不登校を経験しひきこもりになる人は高卒者が多く、家庭は普通である。それなのにひきこもりが長引くと人格がおかしくなる。行動や話し方がおかしくなると就職の面接で不利になる。ひきこもりの原因に、信じられないことに教師の暴行・暴言がある。人は自尊心を傷つけられても、耐えられる精神力を持つべきである。そうはいかないか。

◇

そこで、風仁は考えた。本来なら、親が子を育て、子が年老いた親の面倒を見るのが当たり前であるが、戦後、家族制度が変わり、核家族化となり、育児も介護も自分の親や子でなく他人まかせの世の中になっている。四十歳や五十歳になっても独り立ちできない人間が、どうして年老いた親の面倒を見ることができようか。大人になっても独り立ちできない人間に対して、初めに精神を鍛えるため強制的に修行させ、そのあと職に就くために修業させる。

新風会は税金だけでは運営できないので、健康でも独り立ちできない四十代、五十代の人は、新風会の敷地内の団地に親と共に住んでもらうことにする。ということは、今まで住んでいた住居を手放すということである。新旧物件費の差額を得るということである。差額全額ではないが、その一部を新風会の運営費とする。このようなことは不公平感があるが、試行期間だけとし、将来は無一文でも新風会の会員であれば、誰でも団地を利用できるものとする。これは新風会の趣旨である。

四十代や五十代の無業者の修行について詳しく述べる。長年ひきこもりでいると社会常識を欠落する。言動で品性を疑われることがある。振る舞いがびしっとするように新風会の中に研修所を設ける。研修生の数や研修生自身の質、やる気などを勘案して、一つのグループを作る。そのグループで一年間、普通の人間になるための修行をする。だが、中にはやる気のない人間がいるかもしれない。これは重大な問題なのだ。強制的に修行させる必要がある。この場合は病的でない限り、少人数にして強烈な指導をする。研修生は互いに気がねない間柄がよい。研修期間は一年とする。研修目的は脳疾患や心臓疾患にならないように体力をつけ、また不安や苦痛などの精神疾患にならないように精神力を鍛え、さらに職を得るために技能を磨く。その上教養を高め、奉仕活動をする。

◇

研修所における無業者のための研修内容について具体的に述べる。初めに、研修対象者、目的、内容を明示して、対象者を選び、グループを決め、予定表に従って研修を進める。

ここでは或る一つのグループについて述べる。ドラマ風に一例を表現できれば好ましいが、風仁には文芸的表現はできないので、説明的に述べる。

研修生は十人とする。年齢は四十代、五十代とする。学歴は高卒。家庭環境は普通。原因はいじめ。いじめによるひきこもりの人が多いようだ。意外と家庭的には恵まれて育ったか。甘えでひきこもりになったか。風仁の勝手な想像か。

この研修生はひきこもりの期間が長く、社会性が欠如し就職の面接を受けても民間企業への就職が危ぶまれる。将来、生活保護を受給する身になるかもしれないが、身体障害者でないので、受給できないかも。これでは困るので、新風会で働けるようにする。

それにしても、ぐうたら人間を働かせることは大変だ。どんな職につくか、本人自身が決めることも、第三者に決めてもらうことも難しい。金銭を得る仕事は難しいので、モノを作る仕事、農業がふさわしいか。

これで、この一年何をすべきか見当がついたので、研修の方針を立てる。ぐうたら人間をしゃきっとした人間にするためスパルタ教育を行う。仰々しいかもしれないが、ある程度強制的修行は必要と思う。自滅しない精神力を持つ。人生百年時代。現在五十歳ならあと五十年生きられる。生かされるか。ただ生きているだけでは生きている甲斐がない。体力をつけるために歩こう。ただ歩くだけ。それもいいかもしれないが、新風会に入って食べさせてもらっているのであるから、日本列島の海岸をくまなく歩いて、今問題になっているプラスチックごみをボランティア活動で処理しよう。それはそうと、この活動は一年以内で終えられるのか。ここまででスケジュールは終わりそう。プラスチックごみ処理の所要時間は「教養」講座の算数で算出。このようなことをする必要はないか。「職業」講座の農業の研修もある。

水呑み百姓と言われた時代があった。それをきらってか、戦後、農家出身でもサラリーマンになる人が多かった。農業と言っても、新風会での農業は機械力による大量生産ではない。素人でも作れる農作業と言ったほうがよいか。研修生にとって、野菜など成長を楽しめて心を動かされるだろう。新風会はモノを作ってカネに換えても、あくまで新風会の運営資金に使うものであって、民間企業とは競合しない。

研修生に農業を職業とするように農業を学ばせようとしたが、ここで風仁は考え込んでしまった。日本で農業は職業として成り立つのか。日本の農業は大農経営でなく零細経営で生産コストが高く、台風など自然条件の制約を受け、農業経営は工業経営と比較して収入面で不安定である。日本では農業での自給自足はできそうにないが、将来何が起こるか分からないので、食料自給率は高めておく必要がある。

このグループの研修生は、民間企業に就職できればそれでよいが、ここでは生涯新風会で働くことを前提とする。研修期間は一年となっているが、必要に応じて生涯受講できるものとする。ここでは農業を職業にするということで、農業の研修をするが、一年の研修を終えて、自分には不向きか他にやりたいことがあれば、転向自由とする。

耕作放棄地・遊休農地・荒廃農地を公有地とし、新風会の土地として耕作や放牧の土地とする。耕作地で穀物・野菜などを作り、放牧地で牛・馬・羊などを放し飼いにする。有害農薬を使用せず、手作業で米や大豆を作り、鶏や牛を飼う。採算を考えない。企業の農業参入は容易ではないという。それでも、新風会は世界に誇れる米や和牛を作る。高価で売れないかもしれないが、作った人は喜んで食べられる。ひょっとしたら新風会に協力する気持ちがあって高く買ってくれる人がいるかも。栄養価のあるおいしい和食を食べよう。

自作の和食を食べるどころでなかった。宿題があった。そんなの聞いてない。算数の問題だ。宿題をやってこなかった者は廊下に立っとれ。このグループの研修生全員民間企業への就職は不合格。日本列島の海岸をくまなく歩いて、現在問題になっているプラスチックごみを処理するのに研修一年以内に終えられるか、という算数の問題で、時間オーバーになることは直感で分かるが、算出するのもまた楽しからずや。風仁の解答例として、約六百時間不足。この数字はどこから出てきたと言われても、日本列島全体でなく本州だけでも、この結果になった。

なお、精神修行のために滝の下に立ったり坐禅を組むこともある。

7　保育

自分が産んだ子は自分で育てるべきだ。

「保育」について述べるのは風仁にとって最も苦手とするテーマである。しかし、このテーマは新風会運営上避けて通れないので、蹴飛ばされることを覚悟の上で勇気を持って述べることにする。

◇

政府は少子化という国難を、利用を希望しても認可保育所などに入れない待機児童をゼロにすることで、解決しようとしているようである。厚生労働省の発表によれば、待機児童は平成三十一年（二〇一九年）四月一日時点で、前年より三一二三人少ない一万六七七二人と平成六年の調査開始以来最も少ない。政府は令和二年度末までに「待機児童ゼロ」を掲げている。厚生労働省は令和二年四月には四二六九人と予測しており、令和三年四月には待機児童ゼロ達成を目標にしている。

しかし、政府の基準の待機児童数と現実の待機児童数とはかなりの差があるようだ。「待機児童」は最少となったと厚生労働省は令和元年（二〇一九年）九月六日に発表したが、マスコミは、特に「保護者が特定の保育園等のみを希望している」として、待機から除外した例など「潜在的な待機児童」は最多となった、と乖離の懸念を述べている。令和元年九月七日の東京新聞によれば、保育所などに入れていないのに、さまざまな理由で待機児童の集計から除外された「潜在的な待機児童」は七万三九二七人に上り、平成二十七年からの五年間で最多となった。「潜在的」には、求職活動休止、育児休業中、地方単独事業利用、特定の保育園等希望を含む。マスコミも母親ももっと利用し易い保育所が増えれば良いと思っているようだ。

保護者にはきょうだいの児童がいる場合など種々の条件があり、「待機児童ゼロ」達成は不可能、と風仁は思う。

政府は、子育て世帯の負担軽減で出生率が上がることを期待して、令和元年十月一日から幼児教育・保育の無償化を始めた。子育て世代に消費税を財源とする予算を投入して、少子化対策に役立てようとしているようである。

だが、保育の質の低下が懸念されている。保育所などの施設に児童の人数が増えれば保育士不足となる。保育士は工作の準備や行事の準備など保育以外の業務が多く、残業だけでなく自宅に持ち帰って仕事をすることもあるという。令和元年十月七日の新聞に掲載された、厚生労働省の賃金構造基本統計調査によると、保育士の月額平均給与は約二十四万円で、全産業平均より九万円以上低い、とある。この数値は平成三十年のものと思われる。平成二十九年の保育士の平均月給は約二十三万円とある。保育士には副業として他所で働いている人もいるそうだ。

企業主導型保育所を政府は進めており、財源は消費税でないが、無償化の対象としている。企業主導型保育所は保育事業者が設置する施設であるが、健康診断の実施や安全対策など不十分な例が、全体の八割を占めるという問題がある。

政府からの助成制度に問題があると思われる。助成金を横領されたり、詐欺師の的にされたりして、財源の運営基準が緩く、税金の無駄な出費になっていないか。

◇

「保育」について考えてみる。

保育所においての乳幼児の保護養育について述べる。早々に風仁は筆が進まなくなった。風仁がこの章で述べる対象は乳幼児、即ち乳児と幼児で、乳児は児童福祉法では一歳未満児、広辞苑には「幼児は、学校教育法では満三歳から小学校に就学するまで、児童福祉法では一歳から小学校に就学するまでの子どもをいう」とある。

どうでもいいことかもしれないが、もう少し用語について述べる。「幼保無償化」はゼロ歳から五歳までの子どもを対象と言えるが、幼保無償化で待機児童が増し、保育の質が低下する恐れがあるとか、待機児童ゼロ達成と言う場合の「児童」はゼロ歳から五歳までの子どものことであるが、辞書には「学校教育法では満六歳から十二歳までを学齢児童、児童福祉法では満十八歳未満を児童という」とある。ということで、「児童」という語は児童福祉法によって用いられているようだ。全くどうでもいいことである。だが気になるのは「福祉」という言葉である。

児童福祉法は、戦前は虐待などから児童を保護するなどの対策の法律であったが、現在は児童の成長や自立の権利が保障される法律である。百科事典マイペディアを引用すれば、「福祉国家は、国民の生活の安定と福祉の確保を主要な国家目標に掲げ、完全雇用と社会保障、社会サービスの整備・充実を重要な政策とする」とある。現在の日本は、政治は民主主義、経済は資本主義で、戦後の経済の高度成長もあり福祉国家と言えるようである。

ここで問題になるのは、国民が国家に依存していることである。公共事業で財政悪化が問題になっている。「福祉」とは幸福のことで、公的扶助やサービスによって生活の安定を得ることのようだが、「幸福」は他から与えられるものか。現在、幸福でないので幸福になるために福祉政策が必要とする人がいることは確かだが、幸福はみずから得るものだと風仁は思う。幸福は貧富と関係ない。

何を風仁は言いたいのかというと、自分が産んだ子は自分で育てろということだ。

しかし、そうはいかないみたい。「ひとごとみたいなことを言うな」と言われそう。

◇

「保育所」は厚生労働省所管で、保護者が労働や病気などで育児が困難のために設けた、児童福祉法により養護と教育を行う児童福祉施設である。都道府県は設置業務を負い、市町村は都道府県知事への法令に基づく届け出により設置できる。国、都道府県と市町村以外の者は、都道府県知事の認可を得て設置することができ、これが認可保育所である。この節は「ブリタニカ国際大百科事典」から引用した。なお、公立でも「保育所」を「保育園」と呼んでいる施設もある。認定で「こども園」と呼ぶのもある。

保育所は母子家庭や父子家庭の乳児や幼児が利用することが理想と風仁は考える。一般には二歳までは母親が直接育て、三歳から子どもが集団生活できるように幼稚園に通わせる。

世の中、そうはいかないようである。共働き世帯が近年多いようである。夫婦双方に賃金収入が入る。そうしないと生活ができないようである。と言うことは、日本は貧困国家か。経済の高度成長期には中流社会といわれ、普通の人であれば誰でも自宅を持てた。現在は夫婦共働きでも、残業時間が少なくなり、毎月のローンの返済ができなくなり自宅を手離した例がある。今の世は普通の人になるのは大変なことだ。今の世は上流と下流しかないみたい。

夫婦共働きで働くのは、金儲けだけでない場合もある。共働きの女性でなくても独身女性であっても、なおさら、仕事がおもしろくて、一生仕事を続けたいと思う場合もあるだろう。社会的に活躍している女性がいる。しかも、三人も子どもがいて、エッと思うことがある。女性自身が、健康で才能に恵まれ、女性自身の親きょうだいや夫など子育てに協力してくれる人や、もろもろの環境に恵まれているのであろう。

こういう女性は、今の世の中、少ないだろう。今の世の中、男も女も自分一人が生きていくのが精一杯だ。だから右も左も独身者ばかり。子どものはしゃぐ声、聞こえず。当然、日本の人口は減少する。日本国がなくなるということだ。

そうならないために考えついたのは、国は幼保無償化、風仁は新風会創設。女性が会社に正社員として就職しても、結婚し出産し、長い育児休業をとって、復職できるか、問題になっているみたい。

◇

「有給休暇」とか「育児休業」という制度があるが、「名ばかりの管理職」同様、名ばかりで内容のない制度だ。年次有給休暇は、利用するのに皮肉たっぷり言われて、完全消化は有り得ない。ヨーロッパでは夏休みを一カ月とることは、有り得るらしい。母親が育児休業を取得するのは当たり前として、「パパ・ママ育休プラス」という制度があり、男性も育児休業が取れるそうだ。男性も出産するのか、と医術が進歩したのかと想像したりして。実際、何カ月も育児休業を取得した男性もいるようだが、少数と思われる。土日も休まず、祝日も出勤するという話もあり、なんと矛盾したというべきか、掛け離れた話であることよ。科学技術の進歩の激しい中、勤続十年後に一年間、新技術取得のためとか、世界に目を向けるためとかの名目で、有給休暇を与えるようにすれば、公平である。

「何が公平よ」と言われそう。土日も祝日も関係なく無給で働いている人もいる。男性も家事をせよということ。「お宅の旦那は休みの日は何をしている」と問えば「一日中、ごろごろして寝ている」とか、「一日中、テレビを見ている」と。これ、令和の男と女の闘争。

現在は夫婦共働きでないと、家計が成り立たないのか。寿退職という時代があった。戦後、女性が会社勤めするようになり、結婚を契機に会社をやめるのは普通のことであった。女性は専業主婦となった。当時はわざわざ「専業」という言い方はなかった。主婦は家事も育児もした。現在は妻も夫も、家事も育児もやる時代のようだ。「ようだ」でなく「べきだ」の時代のようだ。いつまでも「ようだ」と風仁は曖昧なことを言っているが、風仁は今は育児をやらないにしても、家事をしてきたか、しているかと問われれば、何と答えていいものか、「男子厨房に入らず」の時代の人間で、令和の今、生きていられるのが奇跡という他にない。

最後になってしまった。「保育」と「新風会」の関係を述べる。
介護福祉士や保育士は、資格があっても収入や残業など厳しい職場環境があり、待遇改善が求められている。そもそも介護福祉士や保育士は職業として成り立つのか。保育士不足や保育の質の確保は根本的に考え直すべきだ。
保育士の収入が低いのは保育料が低いからだ。幼保無償化になれば、保育所を利用する保護者が増え、必然的に待機児童が増えるだろう。また、保育士不足となり、保育の質が落ちるだろう。モノを作れば売れるのは、それを必要として買う人がいるからである。しかも、企業に投資する人がいるからである。保育は金儲けとは関係ないのである。

保育士には保育に集中できる環境が必要である。正規職員として勤めても、長時間の労働で疲労困憊して耐えられず退職する人が多いようである。

保育士も全産業平均並みの給与が得られるようにするために、新風会を活用できるようにする。少人数の乳幼児と向き合える時間を決め、保育に集中する。規定勤務時間の残りは他の業務をする。さらに保育士の所得を増やすため、新風会からできるだけ保育に関係のある仕事を得る。保育士は、高齢になって年金が給付されるなど、各種社会保険に加入する。保育士だけでないが、新風会に加入して規定勤務時間働いている人は、新風会はもともと高所得を得る仕事をしないので、支給される現金が少ない。それで、保険料は新風会負担とする。保育士も家族を養えるだけの収入を得るようにすべきだ。

8　生涯教育

（1）社会教育

貧困からの脱出も文化の享受も教育だ。

生涯教育とは、学校教育だけでなく学校教育と社会教育を連動させて、人間の発達に合わせて、社会生活するために生涯を通じて教育を必要とする考え方である。社会教育は、戦前は学校教育の補足として、学校教育の機会に恵まれなかった人のために行われた。現在では、技術の発達や情報化の進展に乗り遅れないためや、さらに教養を高めるために、行政機関が教育活動の場を用意したり、また、一般人が自主的に相互教育活動をしている。

昭和二十四年（一九四九年）制定の社会教育法は、社会教育に関する国および地方公共団体の任務を定めた法律で、社会教育奨励に必要な環境の醸成を義務づけている。社会教育の主要な施設には、公民館、図書館、博物館などがあり、専門職が設けられている。

社会教育は行政への依存が強いようである。社会教育で一般の人達も自主的に活動していることは確かである。問題なのは時代の流れに乗れなかった人達である。ここでは、そういう人達について述べる。

(2) 就職氷河期世代

時代の流れに乗れなかった人達とは、就職氷河期世代とひきこもりの人達である。これらの人達を救うために国は、フリーターや非正規雇用者を、企業に正規雇用として採用するよう働き掛けているようである。バブル崩壊後の不況の時代であっても就職できた人達もいる。この人達は会社に入っても不況の波を乗り越える力があると認められたのであろう。正規雇用として採用されなかった人達は、荒波を乗り越えていける力を得ることである。それが教育である。

国も非正規という呼び方を消滅させるよう、教育の手段をとっているようである。就職氷河期からかなり経ち、学力や教養、職能の度合いが、第三者にはつかめないので、就職氷河期世代やひきこもりの人達に、学校教育と連動した社会教育も必要であるということである。

それでどうするのかというと、新風会の活用である。新風会をいかにして大組織にするかが目的の一つであるが、なかなか進展せず、立ち消えにならないよう、競争社会から落伍しない人達同様、匙を投げないでおく。

（3）ひきこもり

新風会での就職氷河期世代とひきこもりの人達の活動についてはすでに述べたが、もう少し突っ込んでみる。国や地方公共団体は公共職業安定所を通して、人手不足を解消するため非正規雇用者を教育して、民間企業に正社員として就職させようと努力しているようで、企業も歓迎しているようである。それでも全員、正社員として採用されるとは限らない。老いて生活保護を受けなくてもよいようにする。

困った。大風呂敷を広げてしまった。現在、非正規であっても社会の一員として働いているので、多少の社会性はあると思われ、再教育を受ければ正社員への道は開けるだろう。問題はひきこもりの人である。ひきこもりの人でも家族や同僚と話をしなくても、初めて会った人でも普通の会話をすることもあるという。意外に知識がある人もいる。反対に、粗野であったり、暴力を振るったり、落ち着かなかったりする人もいるそうだ。こういう人達、病人でない人達を普通の人達のように、働いて生活できるようにするにはどうすればよいか。こういう人達こそ新風会で救えないか、と風仁は考えたのだが……。

(4) 指導

新風会の使命、組織、運営、人事について、この住みにくい世の中から転落しそうな人達を救うために、再考してみる。

新風会の概要はすでに述べた通りであるが、今は生活保護を受けていないが、老後は生活保護を受ける身となるかもしれない人を例に挙げて、いかに救済するかについて、新風会の役割を考える。

当初、風仁は新風会創設は失業率ゼロを目標にしていたが、現在は人手不足となり、製造業や情報通信業に就職する人が多いようだ。失業率は欧米主要国に比べて低くても、失業率ゼロということは有り得ないようだ。より良い条件を求め自発的に離職している人がいるようだ。日本が欧米主要国に比べて失業率が低いのは、終身雇用制度や年功序列型賃金制度によるという。日本の失業率は安定し、失業者数も低い。自発的に離職する人は自力で人生を生きていけるが、病気ではないが、性格が弱い人やゆがんだ人、暴力的な人は問題だ。

人生の崖っ縁に立たされている人を、そう遠くない将来に生活保護を受けなくても、老後を有意義に送れるようにするために、扱いにくい研修生を指導できる資質がある指導者が必要である。ここでまた問題になるのは、新風会の団地内に研修所を作るのであるが、指導者への報酬である。最初の章で公務員待遇と記した。学校であれば常勤の教師である。現在では教師の非常勤が問題になっているようだ。昭和の高度経済成長期でも非常勤の教師や教授がいたが、一定の収入が得られる定職に就いていた。現在の非常勤教師は定職がなく、いつ雇用契約が解除されるか不確かであるので、経済的に不安定である。

そこで、非常勤だけで生活している教師のようにならないために、研修生を指導する指導者に公務員待遇が得られる定職の場を作る。研修所だけでも管理など専門外の定職に就くこともできるが、団地内に研究所を作って研究や調査を定職とすることもできる。新風会創設にはかなりの資金がかかりそうだ。

中年になって頑固で特に暴力的な、扱いにくい研修生を路上生活者にさせないために、強制的指導法も必要か。すでに述べたが、精神修行のために、滝に打たれる行や坐禅を組む行がある。「強制」という言葉は一般に忌避（キヒ）されるが、社会秩序維持のため必要だと思う。道徳規範なくして社会生活の秩序は成り立たない。

現代も徴兵制度のある国がある。今の日本にはないが、かつてはあった。徴兵制度は国民が国家を防衛するための国民の兵役義務であった。ここでの「強制」の意味は、徴兵の強制兵役でなく、軍事教練である。といっても軍国主義教育ではなく、

「規律」である。戦場で断末魔の苦しみを味わい、精神を病んだ人もいるようだが、戦闘に遭遇することなく帰還し、出征前はふしだらな男がびしっとした人間になった例もある。普通の社会人になるために、徒歩でプラスチックのごみ拾いをしながら、日本列島を一周するのも楽しからずや。

(5) 組織

公共職業安定所は求職者全員が職につけるようにする。職につけなかった人は新風会で職業訓練を受けてから企業に就職できるようにする。それでも就職できなかったら新風会で働けるようにする。非正規雇用者をゼロにし、終身雇用制度のある定職に就けるようにする。

それには、公共職業安定所が中心になって職業訓練所で、就職できなかった求職者全員にそれなりの技能を身につけさせる。職業訓練所では特に、それぞれの人の性格や好み、資質、能力、適応性、使命感などを考慮し、全員が職業訓練を受けられるようにして取り残されないようにする。

新風会は会自体の維持に莫大なカネがかかりそうで、新風会創設の夢が壊れそうだ。新風会創設には根本的な問題は財源であり、それによって達成時期が左右される。日本は、戦争目的の軍隊が壊滅し、当初有り得ないと思われていた、外国からの侵略に対する防衛組織である警察予備隊が十年もたたないうちに、保安隊を経て、自衛隊となった。自衛隊に見習えないか、と風仁は妄想する。税金で桜を見るなどをやめて、政治家を動かして、大規模な団地を作り、農場や工場、研修所、研究所、病院、商店等を建設する。特に研修所は大規模なものにし、生産的労働もできるようにし、金銭的報酬も得られるようにする。

政治家は国会で闇雲に税金の無駄遣いを追及するより、世界中の貧困を一掃するか、たとえ貧しくても幸せに生活が送れるような壮大な政策を打ち出し、その後財源をどうするかに移り、利権の発生を抑えての税金の無駄遣いを追及すべきで、ただ、税金の無駄遣いの追及だけでは、政権交代は有り得ない。

新風会創設が財源の都合上大規模にできない場合は、廃校になった学校や青壮年層の人口減少による過疎地帯を新風会の活動の場とする。農作業が取っ付きやすいか。大量生産できない物作りは使い易いものを作る。

新風会活動の場は、津波や洪水、土砂崩れ等の災害に見舞われない場所であり、地震に耐えられる固い地盤であること。そこに建造物を建てる。大災害時に仮設住宅を建てなくてもよいように、学校や会社などの寮を兼用できるようにしておく。

(6) 活動

新風会は試行錯誤を経て活動が始まったものとする。

自衛隊は大災害の時救援活動に大活躍した。新風会も自衛隊に見習って救援組織を作っておくべきだ。災害はいつ、どこで、どのように起こるか分からない。いつでも出動できるようにしておく。それには平時から災害対策に取り組んでおくべきだ。防潮堤は台風による大波や高潮、津波による被害を防げるか、平時に調査し、対策を練っておく。地震、地滑り、洪水などの対策も考えておく。これに携わる人は新風会会員の希望者で体力のあること。この人達を救援隊員と呼ぶことにする。新風会の中の救援隊で新風救援隊（仮）と呼ぶ組織で、新風会会員であり、新風会内部の業務に携わって定所得を得ていること。救助隊員は通常の業務より緊急出動を優先する。勤務時間は不規則になる場合があるので、規定の勤務時間でなく、一日の睡眠時間八時間とれるように定めておく。救援隊には他の職につけずやむなく入隊するのでなく、一般の若い人でも、技能習得して指導的立場になれる使命感のある人が望ましい。

災害救助や復興にボランティアが活動する。一般にボランティア活動は無償である。

ここで、風仁は無知蒙昧の輩であることを告白する。「ＮＰＯ」という言葉が消費者保護や災害援助の場合などに耳や目に入る。NPOは、自発的、自主的に社会福祉などの社会貢献を目的とする民間非営利組織という。風仁が疑問に抱くのは「非営利」である。ということはカネもうけをしてはいけないということである。NPOは市民の自発的な活動団体ということであるが、市民が富豪ならともなく、一般市民誰もが余裕のある生活をしているわけではない。新風会の財政基盤は税金と民間企業と競合しない物作りで成り立っている。NPOの財政基盤は政府や地方公共団体からの補助金や寄付金により活動し、法人格が与えられ、活動を法的に保障されているという。ここでまた風仁が疑問に思うのは、NPO活動をしている人達の生活である。この人達には本来の職業があるはずと思われる。NPO活動するということは片手間でできることではないと思う。専門的知識や技能技術を持って奉仕活動をするには、専属でないとできないのではないか。そうであれば、どのように報酬を得ているのであろう、と風仁は余計なことを思った。

突然、アフガニスタンで人道支援、貧困解決に取り組んできたNGO所属の中村哲医師が殺害されるニュースが飛び込んできた。医師は七十三歳。

定年退職して海外で荒地を農地にするなど、支援活動する人は少なくないようだ。若い人達も低賃金で活動しているようだ。NGOは非政府組織で、非営利団体で国際的な活動を行う。ＮＰＯやＮＧＯで活動する若い人達は低賃金であるようだが、年金を納められる余裕があるのか、気になる。

災害救助等、日本赤十字社が国の救護業務の委託を受け、寄付金は、義援金として個人へ、活動支援金として活動団体へ確実に渡されている。

ＮＰＯやＮＧＯの財政基盤は税金と寄付金であるが、新風会の財政基盤は税金と会員自身が働いて得た報酬の一部である。新風会自体や会員自身も募金活動をしない。自給自足に徹する。

新風会は寄付金を全く受け取らないわけではないが、規定に従う。

寄付は詐欺と結びつくか。投資と詐欺は関係ありそう。新風会の工場に設備投資して、工場の経営を独り占めされては困る。自分で自分に寄付するのは歓迎。新風会の敷地内に作業場を設け、物作りするものとする。敷地は公有地であるので、周辺の民間の土地価格以上の額で借りるものとする。高額部分は寄付金に相当する。モノは手作りとする。モノは実用的で誰でも、特に老人にも使い易いもので、さらに特許品を作れば、御の字だ。特許権を産業上利用でき報酬を得ることができる。その報酬の一部を新風会に規定に従って寄付することができる。

特許品を作る行為は夢があるようだが、悪夢となることもある。前例はまれなる幸運である。特許品を作るには多額のカネがかかる。身上をつぶす場合もある。

趣味だか物好きだかひとのためか、特許品とか発明品とかいうモノを作るのに無難な方法がある。新風会の利用である。個人で、数人のグループにしても新風会の敷地内に作業所を作り、作業機械などの設備を備えるのに莫大な経費がかかる。新風会の敷地内、団地内に研究所とか試験所、工場が作ってあり、常用の設備があり、特許品を作るのにこれを規定の使用料を払って使用すれば、無難である。

ここで、新風会会員について詳述する。日本人全員が会員となれる。人手不足といっても誰でも十分満足な給料が得られるとは限らない。働く意欲があっても、公共職業安定所を通しても職が得られない場合、新風会会員であれば誰でも生計のための仕事が与えられる。すでに述べたように技能を身につけて企業に就職することもできるが、新風会に残って有償のボランティアとして働くこともできる。一般の人も新風会を通せば、災害時ボランティア活動に参加できる。個人でボランティア活動するのは問題があるようだ。サラリーマンが休日を使ってボランティア活動に参加する人が多いようであるが、平日になると災害地でのボランティア活動する人が激減するようだ。企業の中には社員に災害救助休暇とか有給休暇を与えて、ボランティア活動に参加させるところもあるという。企業も人手不足で余裕がないのが現状だ。そういうわけで突然災害が発生した時活躍するのが、新風会の災害救援隊である。救援隊員は規定の業務を停止し、人命救助を最優先する。

そもそも新風会の目的は、社会福祉を包含するが、人生遺棄でなく人生意気に感ずる人間を教育するためにある。新風会の会員でも一般の人でなく、新風会の組織内で定職のある会員は、自分の業務をボランティア活動しているものと考えるべきだ。報酬はゼロも有り得るかもしれないが、生涯、社会保障はされる。

風仁は、現代日本の民主主義、自由主義、資本主義社会を社会主義や共産主義社会にしようという考えは毛頭ないが、新風会のありようは、一見社会主義的に思われるけれども、公平というより余裕を重視する。現代社会の時代の流れは「より早く、より遠くへ」である。業務は規定時間内に終わらせよ、というのが現実の企業のありようである。中には規定内に仕事ができない人がいる。身体障害者でも本人自身もまわりの人も障害者であることを、特別の場合を除いて、意識しないで働いている場合もあるが、知的障害者である場合は、指導者側に負担がかかり、業務が遅滞することになる。事業主は障害者を一定の雇用率で雇用する義務があるが、かなり問題があるようで、新風会が、少しでも働く意志がある障害者を全員雇用し、職業指導する。仕事は規定時間内に終わらなくても、物作りなら何日もかかっても、何カ月もかかっても、何年かかっても完成するまでやってもらうようにする。ひょっとしたら、美術品か、発明品ができるかもしれないし、もっとうまくいけば企業で量産ができるかもしれない。障害者雇用問題は、障害者が健常者の中で働くより、健常者が指導を兼ねて障害者の中で働くのが望ましい。余裕のある仕事は効率的であるかもしれない。新風会は怠け者を育成するところではない。

(7) 学習

「机上の学習に入る」こういう日本語はないか。「机上」と言えば、「机上の空論」や「机上プラン」を連想して、マイナスイメージが強い。「机に向かって勉強する」が正しい模範的な日本語のようである。これが意外も意外、難しいというか、嫌いというか、三浪して大学に入り、就職で、年齢制限で希望の会社に入れず、スーパーマーケットのチェーン店の店長としてばりばり働いていた男、アルバイトの学生に言うには「スーパーに就職するなよ」だって。現在も、休日も休みもなく、残業代や休日出勤手当を支払われないチェーン店があるそうだ。その後、店長は疲労困憊し病気になり退職したという。

学校では「机に向かって勉強する」から、卒業して就職すれば「机に向かって仕事する」ことになる。入社早々、新入社員教育と称していきなり、仕事上必要だからと上司からドイツ語の資料を渡されて、新入社員は、夜ドイツ語を習いにドイツ語を教える学校へ行ったという。

聞くところによると、ある大学の研究室では、外国の書籍を読むだけでなく、日本語をしゃべってはならぬところがあるとか。

義務教育が受けられる公的な夜間中学がある。戦中の勤労奉仕や戦後の混乱で満足な中等教育が受けられず、老いて生活も安定したので、自宅から遠い所に夜間中学があったが、休まず通学したというお婆さんがいた。「英語や数学を習って、知らないことを教わって、世界はこんなに広いんだ」と満足気に話した。

外国のある大学での話。大学に入るのは容易だが、出るのは困難という。大学一年は親から学費を出してもらっても二年からは完全自立という。

大学全入時代が来ると言われたことがあった。高校程度の教養は当たり前となり、大学に行くのも当たり前と思えたが、学歴が邪魔になることもあるようだった。現在では、志願者が集中する大学もあれば、定員割れする大学もあるという。大卒者が高卒者として大企業に入社したが、経歴に偽りありと会社をクビになった人がいた。大卒者でも路上生活者や日雇労働者も存在する。日雇労働者になるのは職業に対して不熟練による。

小・中・高・大の正規の学校以外に、職業や教養などを教える学校がある。大学へ通いながら職業上の資格を取得するため、専門学校へも通っている学生もいるそうだ。

(8) 改善

新風会がなすべき生涯教育上の改善点を述べる。

義務教育不習得者ゼロにする。

戦時中は勤労奉仕中、空襲で爆死した女学生がいた。戦後は食糧難で焼け跡のある小学校では、週の初めは全員出席していても、週の半ばから早退が増え、週末には欠席する生徒が増えた。

現在は平和な世の中ということになっているのに、いじめ自殺事件がある。平成二十七年(二〇一五年)度に小・中学校の不登校で、三十日以上学校を欠席した小・中学生は、文部科学省調べで合計一二万五九九一人(一・三%)いた。いじめた側は学校で踏ん反り返っており、いじめられた側はいずこともなく小さくなっている。これってなんのための義務教育する学校か分からない。だから塾なるものがあるのか。

それなら新風会は何をするのだ、ということになる。いじめなどで中学校を卒業できなかった人や、卒業したとしても社会生活していく上で学力不足を感じる人のために、新風会は義務教育程度の学力をつける学びの場を設ける。学びの場は職業訓練の研修所内に設けてもよいか。

義務教育はスポーツ競技のように順位を競うのでなく、基礎の基礎を理解するまで時間をかけて徹底的に指導する。

例えば、国語や英語の場合、小説や随筆の名文を書写し、音読する。書写は毛筆を使う。「読書百遍意自ずから通ず」という。百遍は何度もくりかえすという意。十回くらい読めば丸暗記できなくても、文の筋の展開は覚えられる。わからない語句は調べておく。そうすれば、皆を前にして何も見ないで教壇に立って話ができる。度胸というおまけが得られる。

数学も何も見ないで黒板の前に立つ。問題は文章題とする。教壇に立っているだけだと、何か悪いことをして立たされているみたいなので、目の前の生徒に、「問題は何だっけ」とたずねる。問題の主旨、何を求めるか、解法など、全員が納得するまで、時間をかけて最後まで進める。理解できないことを全面に曝(サラ)け出す。なお、「生徒」は成人の「研修生」も含む。

もう一題。問題は簡単だが、答案を作成するのに時間がかかりそうなので、宿題とする。答案用紙は横書原稿用紙三十枚が理想だが、中学卒業程度なので、二十枚とする。十枚でもいいか。さて、問題。「分数について論ぜよ」。問題は実に簡単だ。風仁は十代の時、数学の教師は気楽だなあと思ったことがある。生徒が答案を書いている間、宇宙旅行の夢でも見ているか。

大学生に「微積分」の話をしたら、「それって何」という言葉が返ってきた。「分数」もかつて大学で問題になったことがあったようだ。だから大卒でも非正規雇用問題があるんだと、思ってしまう。

一般の学校にも言えることであるが、不得意科目を得意科目にできなくても、普通にできる好きな科目にする。

「うちの先生、偉いよな。吃音の子を治したもな」、と餓鬼大将がこんなことを言うのか、と風仁は、子どもの時感心したことがある。

体操で、鉄棒の逆上がりというのがある。怖がってできない子がいる。恐怖心を抱かせないように直接教えるようにする。

音痴も教え方次第で正しい音程で歌えるかも。音と声と踊りを合わせるのは園児でもできるのだが。

「はじかき丸出し教育」を積極的に進めよう。

それはそうと、令和元年大晦日の「紅白歌合戦」は、歌も歌手も知らないのばかり。集団で騒々しいだけで、いつもの時間に就寝。世代格差を感じる。

奨学金制度を廃止しよう。

大学進学のために日本学生支援機構から奨学金を借りたが、返済できない人がいる。結婚もできず、少子化が進み、日本国は戦争もしないのに滅亡へ向かっているようだ。

奨学金を返済できない理由は、リーマン・ショックの影響で、大企業が多額の内部留保をするようになり、労働分配率が低く、労働者の報酬が低いことによるようだ。生活保護受給者や大学を出ても非正規で働く人が多いようだ。従って、奨学金の返済ができないことになる。

それではどうするか、ということだ。現在問題になっているのは大企業の内部留保で、平成二十八年（二〇一六年）末で三七五兆円あるが、大企業の社員だけで、すべての奨学金返済ができるわけではない。

風仁は奨学金制度そのものを廃止して、学費のために借金をしなくても大学を卒業できることを考えた。学業と報酬を得る仕事を両立させるために、大学の在学期間四年のところ二年延ばして六年にする。これを一般の大学に適応させてもよいが、新風会の中に大学を建設するのが好ましい。授業と就業が効率的である。規定の大学卒業年齢より二年遅れたとしても、大企業への入社の年齢制限に支障はないだろう。

それはそうと、思うに、人様のことをあれこれ言う筋合いではないが、そもそも誰でも皆、大学を出る必要があるのか。極端な言い方をすれば、皆が皆、学者になるわけではないだろう。高等学校と大学を直結した高等専門学校を増加すべきだ。職業上資格が必要な場合は、在学中に資格が得られるようにしておく。

産学協同やインターンシップを活用して学生の進路決定を確実なものにさせる。ひょっとして苦学解消になるかも。青田買いを詮索するのは考えすぎ。

新風会の研修所で、時代の流れに乗って技術を修得し、教養を高めるようにしておく。

老いても学べば惚け痴らず。

三　緑化

日本は太平洋戦争に敗北して戦争放棄することになった。戦後、それ以前からのものも含めて、樺太全土、千島列島全土、北海道属島はロシアに、竹島は韓国に完全植民地化され、尖閣諸島は今にも中国に強奪されそうだ。北朝鮮による日本人拉致問題はこれからも解決されそうにない。

◇

歯舞群島近海でタコ漁をしていた日本の漁船五隻が、令和元年（二〇一九年）十二月十七日、ロシア国境警備局に臨検を受け、国後島に連行され、罰金を支払うことになる事件があった。連行された五隻には計二十四人が乗船していた。

北海道とロシア占領下地域のほぼ中間に引いた「海面漁業調整規則ライン」のロシア占領下地域側で、日本漁船がロシア側に協力金を払って操業する「安全操業」という協定を平成十年（一九九八年）に日ロ政府は締結した。平成二十七年（二〇一五年）に延べ一九隻だった臨検が、平成三十年（二〇一八年）には一五六隻に急増した。

この協定では日本側は臨検や拿捕を認めていない。「安全操業」の「安全」はなんだったのか問題になる。ロシアは日本漁船の「臨検」や「拿捕」をしないということではなかったのか。

日本列島近海には海賊がうようよいるようだ。ロシアは火事場泥棒的手段で住民を暴行、虐殺の上、避難船を撃沈までして、自分達だけが住む広大な土地を強奪し、地下資源など莫大な富を得てきたのに、それでも物足りないのか、零細漁民に罰金という名目でカネ稼ぎしているようだ。

他国に自国の法律を適用するのはおかしい。

日本零細漁民は日本国の海洋の漁場を海賊に奪われ難民同然となるので、日本政府は漁民救済として「養殖」に力を入れるべきだ。「安全操業」とかいう名目の協力金を侵略国に払ってまでして漁に出ることはない。「安全操業」の「安全」は名ばかりで「危険」が本意だろう。

ロシアに侵略されたままになっている樺太全土、千島列島全土、北海道属島を、日本は武力に訴えて失地奪還は不可能であるので、これらの土地を緑化する方向に持っていく。

◇

領土返還と拉致被害者救済は難関であるので、当事国民の日本への入国拒否、当事国との貿易中止するか。平和と安全の維持を遂行していない国際連合を脱退するか。日本国民はいつまでも泣き寝入りするのか。

おわりに

一寸先は何が起こるか分からない。

風仁は入院するまで、自分の体の奥深くに病魔が潜んでいることに気がつかなかった。本当に気がつかなかったのか。

入院中、『昭和史』を読んで、軍部はなぜ戦争に突入したのか、戦争指導者は絞首刑になるために戦争を起こしたのか、考え込んでしまった。

個人的でも社会的でも分かっていても時流に乗って、やっかいなことに巻き込まれたり、事件を起こしたりして、これからも悩みや争いはつきないだろう。

風仁は昔だったらピンピンコロリのところ医学の進歩で、本の続きを読み得た。ここに、医学の進歩、医療技術、医師や医療関係者、身辺の人達に感謝したい。

さて、これからも何が起こるか分からないので、自分が弱い生き物と認識するなら、先を読めるように頭の体操をしよう。

小学生が小学生に出した問題である。

国民学校であったか、小学校であったか、ソロバンや暗算の授業があった。放課後、一人の生徒が「いいこと教えてやろうか」と風仁に話しかけた。「一から順に、一足す二、足す三……足す十までの計算は暗算でできるが、さらに十一足す十二、足す十三……とどんな大きな数になっても、百や千や万桁まで足しても、その数まで足したら幾らになるか、ソロバンを使わなくてもすぐ答えが出る計算方法があるよ」と言った。

その生徒は風仁には、小学校での算数なりの答えの出し方を教えてくれた。だが、風仁が数学としての解答を知るのには、小学校を卒業してから数年を要した。

現代の日本社会で難題になっている格差社会や就職氷河期時代、ひきこもり、団塊の世代など高齢になって生活保護を受けることが予想されるが、この問題を個々に解決するのでなく、大規模で総合的に解決できないかと考え、随筆でなく論文でもない随想として記してみた。具体的には、新風会という組織を作り、税金や新風会会員自身が働いた稼ぎで会を運営し、大企業の人員整理になった正社員も新風会の会員とし